ZORN

DER

GÖTTER

Band 21   **Thriller**

Zum
Buch

Ohne Vorwarnung kamen sie plötzlich
aus dem All herab geschossen
Sternenfahrer – wie zornige Himmelsgötter.
Ein unheimliches Donnern aus der Höhe,
das sich zu einem Pfeifen und Zischen erwuchs.
Die ungeheure Druckwelle fegte Dächer von den Häusern
und ließ Fensterscheiben bersten.
Sie waren gekommen, um Justin zu strafen.
Aber wofür?...

Zur Autorin:
In einem kleinen Harzdörfchen - in selbstgewählter Ruhe
und Abgeschiedenheit, widmet sie sich nun ausschließlich
ihrem Hobby - dem Schreiben utopischer Abenteuer
Romane und Thriller.

Inhalt:

Ich Narr – ich glaubte doch tatsächlich, mein nahes Ende
wäre gekommen.
Obgleich ich ja immer schon wusste, wenn ich einst sterbe,
dann nur durch die quälende Herzenskälte dieser
göttlichen Frau.
So hat sie letztendlich – einfältig, gleichwohl verhängnisvoll
aber - naiv – die giftigen Pfeile in mein überkochendes
Gefühlschaos geschossen und mich tödlich getroffen.

Doch ohne Zynismus, eher war es wohl ein gut dosiertes
Betäubungsmittel, welches mich in den tiefen Schlaf
hat gleiten lassen. Denn – ich lebe noch.
Doch Sie ist jetzt verschwunden.

Dasselbe Schicksal- hätte nun die Rivalen vereinen sollen.
Denn dieses Mal fahndeten beide, Günter und Justin
zusammen nach ihr.
Dennoch traute einer dem anderen nicht.
Doch Günters Groll war unermesslich, nach der letzten
verheerenden Schandtat Justins.
So war es mehr als nur ein Schabernack oder
lustiger Streich, eher ein hinterhältiger Mordversuch,
als er die Laube in Brand steckte und zu allem Übel

auch noch seine Liebste entführte.

„Was soll diese Farce, sie wäre verschollen
und nicht auffindbar. Was hast du mit ihr gemacht,
du Schurke?" brüllte Günter, außer sich vor Zorn.
„Doch diesmal wirst du für deinen ewigen Weiberraub
bitter büßen!" fügte er hinzu und landete den ersten
Fausthieb in Justins unschuldiges Gesicht.
Worauf er infolge einen zweiten – dritten
und vierten Hieb erbarmungslos mit aller Kraft
in seiner aufgestauten Wut ausgeführt – den Gegner
nieder warf und am Boden hielt.
Zum zweiten Mal hat er die grausamsten Prügel
seines Lebens einstecken müssen – na und?
„Bah – Fäuste gegen Charme und Geistesgröße
des unwiderstehlichen Adonis." grinste er, noch am Boden
liegend, herausfordernd – als ihn der wuchtigste Schlag
das Lachen erfrieren ließ.
Wie erniedrigend und schmachvoll für Justin...
Wie konnte er jemals vergessen, gegen Günter,
nicht die geringste Chance zu haben.
Genau wie damals vor vielen Jahren,
als er nach seiner Niederlage, mitleidig von Carla
mit Pflastern beklebt, mit eingezogenem Schwanz
das Weite suchte.
Als er nun geschunden, mit blutiger Nase – Platzwunden
und etlichen Blutergüssen übersät, davon kriechen wollte.

„Weg – nur weg von hier".

Wurde er erneut gepackt und festgehalten.

„Jonny, hol meinen Arztkoffer, ich muss seine Platzwunden
versorgen und ihn wieder zusammen flicken!

Nun wirst du es aushalten müssen, Bürschchen – doch
ohne Betäubung!"

„Nein um Gotteswillen, nicht ohne Betäubung,"
stammelte Justin und wehrte sich verzweifelt.

Doch mit Jonnys eingreifen und seinem festen Griff,
blieb ihm nichts anderes übrig, als die schmerzhaften
Nadelstiche zu erdulden.

„So, nun kannst du gehen, verschwinde aus meinem Leben,
je weiter desto besser und wage es nicht,
mir noch einmal über den Weg zu laufen!"

.

Oh, diese Schmach, die Justin bis ins Mark erschütterte,
während er im Laufschritt, trotz seines geschundenen
Leibes davon humpelte.

Nein, solch eine Schmach, wollte er nicht noch einmal
erleben.

Zum Teufel – was hatte ihm das alles gebracht?

Nichts, als die erniedrigende Schande – alles nur
wegen einer einzigen Frau.

Konnte eine Frau das alles Wert sein?

Sie war es und er würde niemals aufgeben – nicht gleich,
doch irgendwann würde sich eine neue Chance ergeben.

Ich werde nie auf sie verzichten.
Stets war ich bemüht ihr alles zu geben,
was sie begehrte, einschließlich mich – den begehrtesten
Junggesellen dieses Universums - versuchte er sich,
über sich selbst lustig zu machen.
Aber war es nicht wirklich so?

So quälte er sich mühsam den Hang hinauf
in die Höhle – dem Zeitenkanal, um sich in seiner Welt,
von der Medizinfrau auskurieren zu lassen.
Hässliche Narben zierten sein Gesicht, die seiner Eitelkeit
durchaus nicht schmeichelten.

„Meine Güte, euch hat es aber scheußlich erwischt.
Aus welchem Nest seid ihr denn gefallen?"
hörte er den Roboter spöttisch sich äußern.
War die Häme auch tonlos, nur in Gedankenübertragung,
so kränkte es umso mehr, von einem Roboter
verhöhnt zu werden.
„Ja scheußlich – ein hinterhältiger Überfall aus heiterem
Himmel. Aber du solltest die anderen Mal sehen,"
brummte Justin angeberisch.
So jedenfalls werde ich gewiss nicht unter mein Volk treten,
überlegte er.
„Robby, du brauchst mich nur um einen Tag verjüngen
und somit diesen verfluchten Tag auslöschen,

dann bin ich wieder unversehrt!" So geschah es dann auch.

Carla, auf ihrem Tripp durch die Höhle.
Am eindrucksvollsten wäre eine größere Verjüngung, dachte sie.
„Nun ja, ein paar Jahre mehr als sonst, sollten es schon sein. Hast du mich verstanden?" sprach ich zu Robby, der mit allen Zeiten jonglieren konnte.

In seinem Hyperraum seinem Einflussbereich, konnte er über alle Zeiten gebieten.

Es dauerte diesmal sehr lange.
So dass ich gelangweilt die Augen schloss.
Ich spürte ein Ziehen im Gesicht – mehr als sonst immer.
So sollte es wohl sein.
Ich wollte diesmal besonders jung, reizvoll, ja umwerfend erscheinen – ihm gegenüber in die Vergangenheit treten.
Eigentlich war die Verjüngung unnötig.
Ach was mich nur wieder für unsinnige Gedanken heimsuchen, dachte ich, als sich endlich das Tor für mich wieder öffnete.
Ich starrte den Hang hinab, doch ich erkannte nichts wieder.

Mein Gott, wo bin ich hier nur wieder hingeraten.
Hier bin ich mit Sicherheit noch nie gewesen. Ich sah an mir herab. Ich trug einen weiten Petticoat, der meinen Rock wippen ließ und mich am Laufen zwischen den Büschen behinderte. Doch eigentlich war es gar kein Petticoat, sondern eher ein Reifrock – eine Krinoline, wie sie ganz früher in

vorigen Jahrhunderten, von den hohen Damen des
Adelstandes getragen wurden.
Darüber trug ich ein entzückendes – festliches
Prinzessinnen Kleid.
Mein Gott – wie am Hofe Ludwig des Sonnenkönigs.
Es muss wohl eine sehr frühe Zeit gewesen sein.
Aber wie komme ich hier her, in diese unwirkliche Gegend.
Ich entsann mich nicht, von hier aufgebrochen zu sein.
Und was habe ich in dieser scheußlichen
Höhle gesucht.
Benommen taumelte ich aus der Höhle – dem Zeitkanal
und ließ mich erschöpft ins tiefe Moos fallen.

Dort erwachte ich ein paar Stunden später.
Völlig verwirrt und orientierungslos,
als wäre ich neugeboren - gerade erst aus dem Ei
geschlüpft oder mein tiefer Schlummer
hatte die Wirklichkeit verwischt.
Vergangenheit und Gegenwart waren schemenhaft
und unwirklich wie alte Filmszenen – rätselhaft
und chaotisch miteinander verwoben.
Staunend betrachtete ich die fremde neue
und dennoch vertraute Umgebung.

Ich erschrak fürchterlich, als ich nun das düstere
Höhlentor – nicht weit von mir sah, es flößte mir Furcht ein.
Aber war ich nicht vor kurzem aus dieser Höhle getreten?
Auf der anderen Seite war das Plateau,
auf dem ich mich befand.
Dahinter ging es in die Tiefe hinab, mitten in ein mir
unbekanntes Wäldchen.
Wohinter ich kleine Häuser wie Bauernkaten entdeckte.

Alles schien mir fremd.
Was suche ich hier? Warum, woher und wie bin ich hier
hergekommen?
Ich muss schnellstens von hier fort – von dieser grässlichen
furchteinflößenden Höhle, die irgendetwas grausiges
beherbergt.
Ein magischer Ort, wie in einem mystischen Märchen mit
einer Zauberhöhle, Drachen und Ungeheuern.
Im Labyrinth der Domänen und Geister.
Doch mir ist, als hätte ich sie betreten und nicht
zum ersten Mal.
Und sie hat mich wahrhaftig verzaubert
und doch wieder ausgespien.
Doch all das war verschwommen.
Hundert Geistesblitze flammten und flackerten
in meinem Kopf, doch ohne jeglichem Zusammenhang,

wie eine blitzende Discokugel , die sich zu schnell dreht.
Wieder sah ich an mir herab und dachte ,
wie unpassend im Ballkleid über einer weiten Krinoline,
auf eine Bergtour zu gehen.
Zudem war das nicht „Ich"- eher eine junge Ausgabe
von mir und dennoch war ich es, denn es waren ja meine
Gedanken in meinem Kopf.
Ich muss noch sehr jung sein, wohl 14 -15, oder gar jünger,
denn ich trug mein Haar in langen Zöpfen, die bis auf den
Po reichten.
Ein Zeichen dafür, noch nicht konfirmiert zu sein.
Weil zu diesen neuen Lebensabschnitt, die Mädels
in der Regel die langen Zöpfe abgeschnitten bekamen,
um sich in einer fraulich – kurzen Dauerwelle
dem Ernst des Lebens zu stellen.
„Sie" – das halbe Kind war jetzt ich, durch einen Zauber,
der nur in der Höhle stattgefunden haben konnte.
Warum und wie mag dieses junge dumme Ding
wohl in die Höhle – den vermutlichen Zeitenkanal,
geraten sein?
„Ich" – Wir – waren Eins – waren nun zu einem Körper
verschmolzen – zusammen geschweißt, so dass es mich,
die 50-Jährige – lebenserfahrene Frau nicht mehr gab.
Ich war jetzt die blutjunge Carla, in die ich mich erst
einfügen musste und in deren Wesen und Denken fühlen.
Die Hälfte von mir, wusste kaum etwas

von der Vergangenheit, sowie die andere,
wenig von den zeitlichen Vorkommnissen
und schon gar nichts von der Zukunft,
aus der ich ja eigentlich kam, wissen konnte.
Wir müssen uns auf halbem Wege treffen
und das Beste daraus machen.
Wenn ich nur wüsste, in welchem Landesteil
wir uns hier befinden und welchen Weg ich einschlagen
muss, um in eine mir bekannte Gegend,
oder einen vertrauten Ort zu gelangen.
Wenn ich durch die Höhle im Berg gegangen bin,
so ist es möglich, dass auf der anderen Seite ein völlig
anderes Gebiet oder Landesteil liegt.

Ich trug nur einen Beutel bei mir, worin sich merkwürdige
Kleidungsstücke und andere nicht identifizierbare Dinge
befanden, welche ich nachdenklich vor mir,
staunend ausbreitete, doch schnell wieder verbarg.
Ich blieb nicht stehen, es drängte mich einen Weg – eine
Lösung aus meiner skurrilen Lage zu finden.
So machte ich mich behände an den Abstieg,
um die nächsten Häuser näher zu betrachten.
Vielleicht würde dann ein Fünkchen der Erinnerung
an meine früheste Jugend in mir aufflammen.
Denn jetzt bin ich nur noch die mädchenhaft – unwissend,

naive Carla.

Alles andere zählte im Moment nicht mehr.

Obgleich ich zurzeit mehr wissen von der Zukunft
oder besser gesagt – der Gegenwart
als von der Vergangenheit in meinem Kopf hatte.

Doch ich fürchte, auch das Bisschen, wird in kurzer Zeit
verblassen oder umgekehrt ist es gut möglich,
dass es sich vervollständigen wird, dachte ich,
als ich mich dem ersten Haus näherte.

Irgendetwas an dem Anwesen schien mir vertraut,
dennoch war alles ganz anders als in meinen
vagen Erinnerungen.

Da – wo einst die Gauben und Türmchen der Mansarden
waren, gab es nur winzige Dachluken.

Nun, die Zeit lag weit zurück oder war noch fern.

Die Gauben und Türmchen, können viel später
entstanden sein.

Während ich sinnend davor stand, schwirrten in meinem
Hirn vielfältige Bilder, die wie ein rasend schnell
ablaufender Film vor mir kurz zum Leben erwachten
und sich sogleich wieder auflösten.

Mein „Ich" war zerrissen - in diesem Wirrwarr,
wusste ich nicht, was ich davon gehört, gelesen
oder selbst erlebt hatte.

Das klare Leuchten der Erinnerung, konnte den Nebel nicht durchdringen – noch auflösen.

Einen Moment früher – und ich wäre vorbei gegangen und alles wäre anders gelaufen.
Denn plötzlich öffnete sich die Haustür und ein altes Männlein trat hinaus.
Als er mich sah, trat er in den Garten und kam mir neugierig entgegen.
Oh, welch ein schöner großer Garten, auch er rief Erinnerungen in mir wach.
Doch leider zeigte er keine Spuren meiner liebevollen Mühen und unermüdlichen Pflege,
Blumen aller Art zu züchten.
So bestand er hauptsächlich aus einem Kartoffelacker und diversem Gemüse.
Der Alte nickte mir freundlich zu und beeilte sich, mich an dem Gartenzaun zu erreichen,
mit den Worten: „Warte, bleib doch stehen Kindchen, oder muss ich junge Dame sagen!
Mir scheint, als suchtest du jemanden, wer ist es, ich bin es sicher nicht. Doch vielleicht kann ich dir bei deiner Suche helfen?"
„Hm – ja, ich suche nach meiner Vergangenheit, doch das könnt ihr nicht verstehen," murmelte ich, oder dachte ich es nur.
Ich fasste mich und sagte stattdessen: „Wem gehört dieses

wunderschöne Haus und wer seid ihr?"
„Ach ich bin nur der Advokat des Grafen von Elzen
im Schloss am See, ihm gehört dieses Haus eigentlich.
Nun bin ich im Altersstand und darf hier wohnen,
bis zu meinem selig Ende."
Nun wurde mir schlagartig klar, in welche Zeit ich abrupt
geraten war.
Es war nicht etwa das Jahr 1959, wie ich erst vermutet
hatte, sondern eher das Jahr 1839 – blitzte es in mir auf.
Alles war verworren und unverständlich.
So befand sich die junge Carla in einer falschen Zeit,
wenn sie doch erst 1946 das Licht der Welt erblickte.
Also war es beinahe 110 Jahre vor meiner Zeit.
Wie ist dieses Zeitenchaos zustande gekommen?
Und wie konnte ich jetzt nach Verwandten und Bekannten
Ausschau halten, wenn noch lange keiner
aus meinem Umkreis lebte!
So hatte ich weder Eltern noch Geschwister.
Ich war allein – so allein ohne Familie und Freunde.
Ich konnte allerhöchst nach meinen Vorfahren forschen.
Doch selbst meine Urgroßmutter ist erst 1850 zur Welt
gekommen.
Oh – je, nimmt denn dieses Verwirrspiel kein Ende?
Was hatte sich Robby nur dabei gedacht – dieser
trügerische Barbar.

Nun ja, er zürnte mir, wir hatten noch eine Rechnung
offen – ein Versprechen, das ich nicht einlösen konnte!

Ein Schwall von Selbstmitleid überkam mich – hüllte mich
ein. Ich brach in Tränen aus und griff haltsuchend nach
seinem Arm.
„Aber, aber Kleine, so schlimm wird es doch wohl nicht
sein, was dich bedrückt. So komm erstmal ins Haus.
Wir werden schon eine Lösung für dich finden,"
redete er beruhigend auf mich ein.
Er fasste mich väterlich um die Schultern und zog mich
in die Diele.

„Ich bereite uns jetzt eine heiße Honigmilch, die wird dich
stärken und aufmuntern.
Komm setzt dich in die Küche!"
Ich steuerte zielstrebig die Küche an.
„Aber woher weist du wo die Küche ist?
Ach, ihr Weiber, ihr findet immer instinktiv
als erstes die Küche."
Er beugte sich und blies kräftig in die Glut des Herdes,
worauf er einen Topf mit Milch füllte und emsig
darin zu rühren begann.
Die anheimelnde Atmosphäre beruhigte meine Nerven.
Ich fasste mich wieder.
Doch meine verirrten Gedanken überschlugen sich.
Was sollte ich noch denken, wie mit dieser verfahrenen

Situation fertig werden?
Ein jäher Gedankenblitz durch fuhr mein Hirn.
Um 1958 war dieses Haus längst abgerissen,
wenn es eben dieses Haus, in dem ich jetzt sitze – ist.
Sprach der Alte nicht von einem Grafen von Elzen?
Elzen, ist das nicht auch mein Nachname – Carla von Elzen!
Na, meinen Namen wusste ich wenigstens noch, ha ha.
Sollte etwa das Grafenschloss und nicht dieses Haus,
hier mein zu Hause sein?
So wäre ich eine Comtesse von Elzen! Als er die dampfende
süße Milch in Tassen füllte und sich zu mir setzte, fragte ich
naiv: „Wo ist denn dieses Grafenschloss von
Elzen?"
„Ach sieh mal an, unsere Kleine hat sich wieder gefangen.
Nun, das Schloss ist nur einen Katzensprung,
wie man so sagt, entfernt.
Mit dem Einspänner können wir es in ein paar Stunden
erreichen. Deine entzückende Aufmachung passt direkt.
Du könntest ohne weiteres eine von den aufreizenden
Comtessen oder eine nahe Verwandte sein.
Doch selbst in Lumpen wärst du noch viel reizender
als alle zusammen.
Also ich muss schon zugeben, aeh – wenn ich jünger wäre,
hätte ich mich auf der Stelle in dich verliebt,"
fügte er, augenzwinkernd hinzu. Worauf er sich ein wenig
verlegen räusperte.

„Aber warum irrst du denn hier im Tal am Berge herum
und weist anscheinend nicht wohin?"
fragte er kopfschüttelnd, um dann fortzufahren.
„Ich wollte ohnehin den alten Haudegen aufsuchen,
da gibt es noch einiges zu regeln.
Wenn du willst, können wir schon morgen einen Ausflug
zu dem Schlösschen am See unternehmen!"
„Oh nein – nein, morgen ist mir zu früh.
Ich muss mich erst an den Gedanken gewöhnen.
Bis dahin würde ich gerne hier verweilen,
wenn es denn möglich ist.
Das Haus hat doch so viele Räume.
So könnte ich mich doch in die Mansarde zurückziehen.
Ich werde euch gewiss nicht zur Last fallen!"
„Oh nur zu gerne. Du wirst mir keineswegs zur Last fallen,
Herzchen, im Gegenteil, du bist mir sehr willkommen.
Du könntest einem alten Mann wie mir, das Haus führen.
Sieh nur, wie vernachlässigt alles ist, seit meine Frau
nicht mehr ist."
„Ja sicher, sehr gerne würde ich wieder etwas Schwung
ins Haus bringen," entgegnete ich, erleichtert, aufatmend.
„So richte dich in der Mansarde ein, sie steht leer,
seit meine Kinder ausgezogen sind.
Aber wo ist dein Gepäck?"
„Ach, ich besitze nicht mehr, als meinen Beutel
und was ich am Leibe trage.

Alle meine Angehörigen leben noch nicht!"
„Du meinst – sie leben nicht mehr! Ach du arme Kleine,
so wirst du hier ein warmes Nest finden.
Bleib nur, solange du magst."

Ich blieb – der Beschäftigung gab es genug.
Ich räumte, kochte backte– machte mich unentbehrlich
und betüddelte meinen großväterlichen Freund,
über die Maßen, so dass er schon nach Tagen sagte:
„Du bist mir wie ein Engel vom Himmel gesendet,
als wärst du nicht von dieser Welt.
Mein Gott, wie konnte ich nur so lange
ohne dich auskommen."
Oh, wie richtig er vermutete, denn ich kam mit Sicherheit
aus einer anderen Welt.
Von welchem Ort bin ich nur aufgebrochen,
an jenem gewissen Tag und wo genau bin ich mit der
jungen kindhaften Carla, aus völlig verschiedenen Zeiten
kommend, aufeinander getroffen?
So dass wir zu einer Person verschmolzen
und sich diese verrückten Zeiten ergaben.
Das kann doch nur dort oben in der Höhle geschehen sein.
So ist also die Höhle auch ein Zeitkanal,
wie ich schon die ganze Zeit vermutet habe, dachte ich,
nicht zum ersten Mal.

Dass ewige Ringen um Erinnerungen, tanzte in meinem
Kopf – ließ bisweilen bizarre Bilder und Begebenheiten
aufleben.
Doch wo und was war „Es" was mein bisheriges Leben
geprägt hat?

Ich sehe dich so oft zu dem Höhlenschlund hinauf starren.
So komm nicht etwa auf die Idee dort hineinzugehen.
Denn die Höhle ist verhext...
Noch keinem ist es bisher gelungen, von dort
zurückzukommen," mahnte mich der
Alte.

Nun ja, die naiven Menschen müssen es ja so sehen,
denn ohne Verständigung mit Robby dem Zeitenlenker,
der die Gabe und Macht besitzt – alle Zeiten in Kürze
zu erreichen, war es tatsächlich nicht möglich,
je wieder an den gewünschten Ausgangspunkt zu gelangen.
Ja natürlich, der mystische kluge Roboter war es,
der alle Fäden in der Hand hatte.
War er nicht immer mein geheimer, zuverlässiger Freund
so vieler Jahre und Abenteuer, die ich erlebte?
Das jedoch wurde mir erst später bewusst.

Freilich waren da noch viele Erinnerungsfetzen
der letzten dreißig Jahre geblieben, die sich nur
nach und nach – im Laufe der Zeit ans Licht drängen.
Auch Begebenheiten auf dem Schloss, erweckten immer
mehr meine Erinnerungen.
Ebenso sah ich den See hinter dem Schloss,
bildlich vor mir.
Wie oft bin ich um den See gelaufen, bei Regen,

Schnee oder wenn
die Sonne sich
glitzernd im Wasser
spiegelte.
Plötzlich brannte
ich darauf all das in
Wirklichkeit
wieder zu sehen
und zu betreten.
Sicher würden mir
dann noch mehr
Einzelheiten
einfallen, war ich
mir sicher.
Während ich im
Garten
wirtschaftete –
bergeweise

Unkraut jätete, um im Frühjahr neben Kartoffeln auch andere Gemüse und Blumen anbauen zu können. Um mein einziges Kleid, das ich besaß zu schonen, trug ich die alten abgetragenen Kittel und Schürzen der ehemaligen Hausfrau, die noch immer im Dielenschrank hingen, denn in meinem Beutel fand ich nur merkwürdige, enge Hosen aus festem Baumwollstoff, die ich nicht wagte hier anzuziehen.
Ebenso die unschicklichen Oberteile aus dehnbarem Gewebe, sowie eine Lederjacke, welche ich eher als Männerkleidung sah.
Na und – mich sah ja hier kein Fremder, sei es drum.
Gleichwohl wollte ich mich nicht ewig verstecken und die Menschen dieser Zeit um 18 Hundert kennen lernen.

Ich war jung und sehnte mich nach Geselligkeit und Abwechslung.
Bis der Alte mich eines Tages nötigte, nun auch den gesamten Einkauf zu besorgen.
Meinen Gönner und Ernährer, nannte ich zwecks halber nur noch Opi – was uns noch enger verband.
Denn in seiner fortschreitenden, altersbedingten Verwirrtheit, glaubte er bisweilen, in mir seine wahre Enkelin zu sehen.

„Oh nein, das geht nicht Opi lein!" antwortete ich,
scheinbar entrüstet auf seine Forderung.
„So kann ich unmöglich unter die Leute treten.
Sie würden mich für eine niedere Dienstmagd halten,
in diesen alten Fetzen."
„Ach, das habe ich nicht bedacht, das geht nun wirklich
nicht!" bestätigte er meine Bedenken.
„Das wirft ein schlechtes Licht und Bild auf mich.
So werde ich dir eine tüchtige Schneiderin bestellen,
sie möge dir zeitgemäße Garderobe anfertigen
und dann wird endlich unsere verschobene Reise
anstehen," bestimmte das Großväterchen.
„Zudem musst du auch mal unter junge Leute.
Der Graf hat unzählige Neffen zur Auswahl,
da wirst du schnell einen Bräutigam finden – mich
verlassen und vergessen. Doch vergess mich nicht ganz.
Du weist ja, ich bin ganz allein."
„Ach, mach dir darüber keine Sorgen, ich habe keine Eile
fortzugehen.
Ich werde dich noch pflegen, wenn du schon schwach und
bettlägerig bist. Außerdem bin ich noch viel zu jung für
einen Bräutigam!" tröstete ich ihn, treuherzig.

Mit gemischten Gefühlen kletterte ich neben ihn
auf den Bock. Es war schon Mittag vorbei,

als wir lostrabten.

Die Pferde zogen gut an und schon einige Stunden später,
erreichten wir unser Ziel.

Wie ein Märchengebilde, unter den Wolken erhob sich das
Schloss in der Ferne.

Wie alle Burgen und Festungen im frühen Mittelalter
einst gebaut, thronte es auf einem Hügel,
um einen freien Blick und eventuelle Feinde schon früh
auszumachen und Sicherheit für seine Bewohner
zu gewährleisten.

Noch immer tief beeindruckt von dem Anblick,
spürte ich ein kribbeln meinen Körper durchziehen.

Als wir durch das Tor in den Schlosshof fuhren,
in dem merkwürdigerweise schon etliche Kutschen
standen.

Nicht wissend, dass gerade heute eine Feier stattfand.

Vor dem pompösen Portal, standen zwei Lakaien in Livree,
beidseitig, um die hohen Gäste gebührend
in Empfang zu nehmen und einzuweisen.

„Ach, du alter Gauner, so hat man dich nicht vergessen
und auch eingeladen.

Aber wer ist die reizende junge Dame in deinem
Schlepptau."

„ Nun – sie ist meine Enkelin, wenn es recht ist,
wird sie auch an dem Fest teil nehmen."

„Wir können jedes schöne junge Mädel,

mit besonderen Vergnügen aufnehmen.

Die jungen Burschen werden es zu schätzen wissen
und sich besonders an jeder Schönen erfreuen."

Als wir die große Halle, in der sich die Gäste
zunächst versammelten, betraten, sah ich Ihn,
den berühmt - berüchtigten Grafen
am Ende der Halle stehen.

Seines Ranges gemäß sowie seinem überheblichen Naturell
entsprechend, aus gebührender Entfernung
den fürstlichen Adel und die hohen industriellen Giganten
der Zeit, mit einem würdevollem Kopfnicken
zu über blicken und willkommen zu heißen.

In dem Gedränge wurde ich von meinem Beschützer
getrennt.

„Oh, zum Donnerwetter, was für ein Sonnenstrahl – eine
Elfe – ein Märchenwesen!"
hörte ich jugendliche Stimmen erstaunt ausrufen.

Eine Traube junger Burschen, die sich an dem
Aufmarsch der Edlen und Schönen ergötzten.

„Mensch eilt euch Jungs, gleich schon könnte sie
schon wieder verschwunden sein."

Ach, die großen Jungs müssen sich immer hervor tun,
protzen und angeben. So wie die pubertierenden Knaben
in der Schule, die auch immer nur aufdringlich
und lästig waren, dachte ich im Stillen.

Doch heute war alles anders.

Nie zuvor habe ich einen eindrucksvolleren Mann
mit solchen seelenvollen Augen gesehen,
der mich auf der Stelle verhexte.
Das ist ER – der Mann, von dem ich schon immer träumte,
erregend männlich mit Ecken und Kanten,
nicht so dandyhaft wie – wie wer denn?
Was sogleich den Wunsch in mir weckte,
in diesen starken Armen für immer geborgen zu sein.

Während Günter, der junge fesche Doktor, einer der Neffen des Grafen, der zwischen ihnen stand, ungläubig - sprachlos erst - dann total hingerissen auf das entzückende Wesen, der rätselhaften Kindfrau starrte, die mit verklärten Augen ein wenig ängstlich, einen

Moment verloren, wie Hilfe suchend in der Menge
verharrte.
Mein Gott, wie sündhaft schön sie doch gleichermaßen
kindlich Beschützens Wert wirkte.
Was bei dem jungen Grafen alle Sinne beflügelte und
sogleich den Beschützer Instinkt weckte.
Auch ich hatte ihn inzwischen entdeckt, wie zwei
hypnotisierte Kaninchen, waren wir augenblicklich
füreinander entflammt.
Noch trennten uns etliche Meter.
Bis ich von den Massen weitergeschoben,
nicht weit von Günter, landete.
Oh, welch ein unbeschreibliches Glücksgefühl – mit jeden
Schritt mehr, mich in seinem Bann zog.

Bis ich vor ihm stand und verlegen stammelte.
„Wer bist du?"
Das ist mein Traummann, dachte ich ergriffen.
Vor Ergriffenheit brachte ich keinen Ton mehr heraus.
Bis ich mich schließlich fing und dachte,
was für ein cooler, Atem beraubender Typ.
Endlich hatte ich meine Sprache wieder gefunden
und brachte verwirrt heraus: „Du schaust aus wie der junge
Wolfgang oder noch besser."
Der Bann schien gebrochen.

Danach folgte ein verlegenes Schweigen.

Kein Wort wäre großgenug um diesen köstlichen Moment,
gebührend in Worte zu krönen.

Doch Günter fing sich wieder und antwortete grinsend.

„Ich kenne keinen Wolfgang, du musst mich mit einem
anderen verwechseln, vielmehr bin ich der Günter,
der eigentlich nicht hierher gehört", stellte er sich vor.

„Doch sei es drum."

Jetzt war der Bann endgültig gebrochen.

So kamen wie uns näher.

„Komm an meine Seite, schöne Unbekannte,
nur nicht so schüchtern, komm zu mir, wo du hin gehörst!"
fügte er lächelnd mit strahlenden Augen hinzu
und zog mich neben sich.

„Die Konkurrenz ist groß. Du siehst ja sicher die verliebten
jungen Schnösel, die dich anhimmeln."

Seine Arme umschlossen mich besitzergreifend,
während ich selig meinen Kopf an Seinen schmiegte
und seine Nähe mich willenlos machte.

Aber glich er nicht dem jungen Wolfgang?

Meinem Ziehsohn? Nur ist er um einiges Jünger
und fescher.

Doch der junge Wolfgang lebt ja noch gar nicht,
er wird erst in knapp dreißig Jahren – um 1863 geboren,
während Günter schon ewig in meinem Kopf schwirrte.

Also müssen die beiden eng verwandt sein.

Waren sie nicht Vater und Sohn?
Wir standen Händchen haltend happy wie eine Einheit
und konnten unseren Blick nicht voneinander lösen.
.

„Guck mal, was für ein Auftritt – wie einstudiert."
„Ja – sieh nur was die hergelaufene Dirne sich heraus
nimmt."
„Wie kommt die überhaupt unter die geladenen Gäste."
lästerten einige der älteren Damen gehässig,
doch besonders die Komtessen, schickten giftige Blicke.
„Das fremde Schönchen stört unsere Chancen."
Das fremde Schönchen jedoch bildete sich nichts ein,
als sie in dem Moment eine Halluzination zu haben glaubte,
als sie ihren Traummann ganz dicht neben sich hatte.

Ich weis nicht wie lange wir versunken dort standen
und tief in die Augen – in die Seele des anderen blickten
und vor Liebe glühten.
Ich kenn dich ein Leben lang aus meinen Träumen.
Jetzt weis ich, dass du es bist die – der zu mir gehört
und nur für mich geschaffen bist," säuselte es
in unseren Köpfen.
Wir mochten uns nicht mehr voneinander lösen
und tanzten den Abend alle Tänze, um uns zu berühren.
Mein langes Haar hatte sich indessen aus der mühsam

hochgesteckten Frisur gelöst.
Mit einer einzigen ärgerlichen Bewegung
hätte der Alte uns lösen können, um unsere berauschende,
erregende Versunkenheit zu beenden,
doch nichts dergleichen hatte er im Sinn.
Welch ein göttlicher Anblick – ein heißes Weib in wilder
zerzaustheit, reizt jeden Kerl der noch Saft hat.
Aber so geht das nicht, ich habe doch die hübschen
Spangen meiner damaligen Geliebten,
in meiner Westentasche, aufsehen erregende
Kostbarkeiten.
So packte er mich kurz, festigte und schmückte meine
Schläfen rechts und links mit funkelnden Edelstein -
imitationen, hinter den Ohren,
um meine wilde aufreizende Mähne zu bändigen.
Worauf er hernach mit staunendem Kopfschütteln,
ein väterliches Eingreifen als notwendig erachtete.
Während die Comtessen mich neidisch – ja hasserfüllt
betrachteten.
„Wir können noch in diesem Jahr heiraten,
wenn dein Vater seine Zustimmung gibt,"
raunte Günter mir ins Ohr.
„Nein, niemals," rief ich leidenschaftlich aus.
„Siehst du denn nicht, wie viel Hass und Häme mir hier
entgegen strömt?
Hier könnte ich nie frei atmen und..."

„Aber es geht nicht jeden Tag so wild her mit all den
Damen und dem Pomp. Der Alltag auf einem Schloss ist
kaum anders als in einem feudalen Hotel.
Warte, bald sind alle nur noch mit ihrem eigenen
Vergnügen beschäftigt, keiner wird uns mehr belästigen.

Stunden später...
„Sieh nur, der Onkel, wie geil er das Dekolleté,
der Dame, mit der er gerade tanzt, in seinem Rausch,
witzelnd entblößt und wie schamlos sie gurrend lachend
es geschehen lässt," brachte ich empört hervor.
„Ja der Onkel ist für seine Grabschereien
und Ausfälle bekannt.
Doch keiner wagt es, sich ihm zu widersetzen.
Er sieht es als sein Privileg, ebenso wie diesen
übertriebenen Pomp und Prunk
und die ausschweifenden Feste, sind gewiss nicht
nach meinem Geschmack.
Dennoch sind die Feste auf dem Schloss bei allen sehr
begehrt – man gehört dazu – ist wer.
Anders sieht man es bei dem jungen Volk
und neuen Gästen als unschicklich,
wie beispielsweise bei uns - sich gegenseitig anzufassen
und womöglich zurück zuziehen, da kam die Moral
ins Spiel.
So tanzten wir den ganzen Abend ohne Pause –
vermochten uns keinen Moment zu lösen, aus Furcht,

der andere könnte sich im nächsten Moment in Luft
auflösen und alles wäre nur eine Halluzination .
Obwohl ich vom ersten Augenblick an das Gefühl
einer tiefen Verbundenheit zwischen uns – seither mehr
und mehr auflodernder Innigkeit spürte.
Während des Tanzens, solange sich unsere Körper
berührten – waren wir eins.
Doch die Musik setzte aus.
„So spielt weiter Jungs," rief der Graf, „wofür bezahl ich
euch, spielt die Hymne aus dem neuen Musical – aber laut,
oder noch besser – einen Tusch mit Trommelwirbel.
Nein auch das wäre nicht passend genug
für unsere beiden Verliebten dort!
Ach, spielt was ihr wollt – aber spielt!" brummte der Graf,
um seinen geheimen Ärger zu überspielen.
Spielt für die beiden, die dem Verstand und jeglicher
Vernunft beraubt, im siebten Himmel
schwebten.
„Aber was ist das für eine Circe,
die in meinem tugendhaften Neffen ein glimmendes Feuer
entfacht?
Gleichwohl ist sie keine von uns.
Ein Strohfeuer brennt schnell und verglüht ebenso schnell
wieder."
Aber wer weis, so wie es eben erscheint, gefällt es mir
gar nicht.

„Das kann ich so nicht durchgehen und geschehen lassen,"
murmelte er mit einem Kopfnicken an seine Tochter.
Was bedeuten mochte: Vergraule diese Fremde, lass dir
nicht deinen Bräutigam fortnehmen!
Denn jeder wusste das der Graf in absehbarer Zeit,
zwischen seiner ältesten Tochter und dem Doktor Günter,
seinem Neffen eine baldige Hochzeit
erwartete.

Doch Günter dachte gar nicht daran, keine erfahrene Lolita
sollte es sein, nein beileibe nicht, eher ein reines kindliches,
natürliches Mädel, keusch und unbescholten – wie seine
süße Eroberung. Ein Kleinod – ein Volltreffer!

„Du sagst ja gar nichts mehr – hast noch immer nicht über
meine Frage ernsthaft nachgedacht – antwortest
nicht.
Ich meine es sehr ernst.
Denn du bist das Mädchen, auf das ich so lange schon
gewartet habe.
Du willst mich also nicht? Ich dachte du empfindest das
gleiche große Gefühl für mich, wie ich für dich.
Ich stehe in Flammen, kann und will nicht mehr
sein ohne dich, und du?"
„Oh, ich fühle das gleiche für dich, aber ich bin doch noch
viel zu jung, um zu heiraten und außerdem ..."
„Sag kein Wort mehr, willst du alles zerstören,

was so traumhaft begann?
Wenn wir uns heute trennen, werde ich dich verlieren,
ein anderer wird dich mir nehmen."
„Nein – kein anderer kann mein Herz erobern,
denn darin ist nur noch Platz für dich, für immer
und ewig.
Wir werden uns wiedersehen. Wenn du mich auch
aus der Ferne noch liebst und warten kannst."
murmelte ich, den Tränen nahe.
„Aber warum unnötig warten, du bist die Frau – die einzige
die ich will. Wir sind füreinander geschaffen,
fühlst du das nicht auch?
Wir könnten hier und jetzt unsere Verlobung
bekannt geben – und genau das werde ich jetzt tun."
„Aber du kennst ja nicht einmal meinen vollen
Namen – weist gar nichts von mir!"
„Bah – ich weis das ich mich unsterblich in dich verknallt
habe, genauso wie du auch, oder?"
„Ja auch ich stehe in Flammen, auch wenn wir uns
erst ein paar Stunden kennen," beteuerte ich.
„Genau das wollte ich von dir hören." jubelte er
und sprintete zielstrebig los, auf das Podest der Musiker,
die mittlerweile eine wohlverdiente Pause eingelegt hatten
und zog mich mit sich auf die Bühne.
„Einen Trommelwirbel bitte – ich habe etwas zu verkünden,
Jungs," rief er, unüberhörbar.

„Also – hiermit gebe ich die Verlobung mit dieser
entzückenden Dame und mir bekannt, die Hochzeit
wird im nächsten Jahr stattfinden!"
Das Echo darauf war verhalten, kein Ohrenbetäubender
Jubel und Händeklatschen erschallte,
eher ein betretenes Schweigen.
Worauf einige Zwischenrufe erfolgten.
„Wer ist diese Fremde."
„Eine dahergelaufene Schlampe," rief eine andere
dazwischen.
Ich hörte es genau. Worauf der Graf beschwichtigend
seine Stimmer erhob.
„Diese Überraschung ist dem Jungen gelungen.
Ich bin genauso überrascht wie alle ." sprach er nun
in die Menge.
„So lasst uns nicht unhöflich sein, die Gläser erheben
und dem jungen Brautpaar alles Gute wünschen,"
ergänzte er, doppelzüngig, um nicht zu sagen, verlogen.
Während ein vernichtender Blick von ihm, mich traf.
Wonach er Kopfschüttelnd mit verbissener Mine,
ohne eine Umarmung und einem freundschaftlichen
Schulterklopfen, noch herzlichen Glückwünschen
an seinen Neffen, in der Menge untertauchte.

Nun waren aller Blicke auf uns gerichtet,
doch nicht wohlwollend, mit freudiger Zustimmung,
sondern eher vorwurfsvoll und ablehnend.

Während in der eintretenden Stille – Pfiffe und ein Ruf
aus der Gruppe der Junggesellen ertönte
und sogleich Zustimmung der anderen erhielt.
„Ja Bravo, zeigt es Ihnen, diesen ganzen vornehm tuenden,
Blaublütern, die glauben die Welt gepachtet zu haben."
Dessen Stimme jedoch, ebenso plötzlich wieder erstarb,
als er von dem Oberdiener brutal gepackt
und des Saales verwiesen wurde.
Ich mochte vor Unwillen, Zorn und Scham, am liebsten
im Erdboden versinken.
Günter drückte aufmunternd meine Hand.
„Kümmere dich nicht um die verbohrten Leute.
Sie hätten am liebsten gesehen, dass ich die Verlobung
mit der brünetten Comtesse, der kessen Annabell bekannt
gegeben hätte, doch die ist mir zu kess."
Ich hob meinen Blick und sah tatsächlich eine aufgeputzte,
propere Deern, heulend aus dem Festsaal rennen.
Ein Skandal, den die Presse gierig aufsog
und der übermorgen in allen Zeitungen nachzulesen sein
wird.
Ein Skandal an dem ich die Schuld trug.
Erschüttert und tief beschämt, löste ich instinktiv
meine Hand aus Günters Pranken, hob meine Röcke an
und lief ebenfalls aus dem Saal, durch die Halle,
passierte das Portal und hetzte über den Hof,
aufgewühlt – bebend vor kindlicher Empörung und Trotz,

trieb es mich, mich gleich hinter den ersten Busch
zu verstecken.
Hier ließ ich den Tränen der Erniedrigung
und des Bloßgestellt seins, freien Lauf.

Es dauerte nicht lange und zwei Männer traten
aus dem Haus.
Ein junger dynamischer Adonis, völlig aufgelöst,
dem ein altes Väterchen mit besorgter Mine,
ebenso aufgeregt folgte.
Während der Alte bedächtig auf seinem Aussichtsplatz,
das Umfeld beobachtend verharrte,
stand der junge Mann - es war Günter,
einen Moment mit hilflos hängenden Armen.
Beide suchten mit den Augen die nähere Umgebung ab.
Doch meinen Liebsten hielt es in seiner Aufregung
dort nicht länger.
In panischer Ungeduld lief er ins Haus zurück,
um die Dienerschaft zu befragen und im Haus
nach mir zu suchen.
Mein Herz pochte wild, als ich ihn sah.
Doch als er wieder im Haus verschwand,
eilte ich dem Alten entgegen.
„Komm Opilein – komm schnell, sattle hurtig das Pferd,
wir müssen sofort verschwinden.
Schon lief ich in den Stall und riss das Geschirr vom Haken,
während der Alte vom ahnungslosen Stallburschen

den Gaul entgegen nahm und ich ihn mit flinken Fingern
sattelte und mit dem Einspänner verband.
„Nun zögere nicht lange, eil dich,"
rief ich ungeduldig, während ich flink auf den Wagen
hüpfte, dem Alten die Hand entgegen streckte
und selbst die Zügel übernahm.
Im flotten Galopp ratterte die leichte Kutsche vom Hof
und entfernte sich rasch.
„Was soll die Eile, ich verstehe dich nicht.
Der fesche Grafendoktor ist doch eine vortreffliche Partie
für dich.
Wir hätten schon lange nach einem passenden Bräutigam
für dich Ausschau halten sollen!"
„Ach, ich bin doch noch ein halbes Kind und habe noch..."
„Bla – bla", fiel er mir ärgerlich ‚"ins Wort.
„Was faselst du für einen Unsinn.
Ein Weib ist nie zu jung zum Heiraten.
Meine Mutter war noch keine sechzehn,
als ich geboren wurde. Jetzt bin ich alt
und kann dir nicht ewig Schutz vor den Unbilden
des Lebens geben. Du dummes Ding, nun hast du
die beste Gelegenheit vertan."
Worauf ich resigniert die Schultern zuckte.
Was sollte ich auch zu meiner Verteidigung sagen,
er würde es doch nicht verstehen.
Also schwieg ich verbissen den Rest der

Fahrt.

Am nächsten Morgen, als der Alte noch schlief und ich wie immer die Zeit nutzte, vor dem Frühstück die Küche ungestört zu schruppen, riss mich ein hartnäckiges Klopfen an der Haustür aus meinen Träumereien.

Meine Güte wie verliebt ich bin.

Zum ersten Mal habe ich mich so richtig verliebt.

Ich kann an nichts anderes mehr denken als an ihn.

Doch nun habe ich durch meine Kurzschlusshandlung, alles verdorben,

noch ehe es beginnen konnte, dachte ich bekümmert.

Wer mag es wohl sein – der so ungeduldig Einlass begehrt?

Das kann doch nur der Postmann sein,

vermutlich mit einem wichtigen Telegramm

für Großväterchen.

Doch die Postkutsche kommt doch sonst nie so früh.

Eilig stellte ich den Schrubber an die Wand, rieb meine

feuchten Hände flüchtig an der Schürze trocken

und öffnete die Tür.

Vor der verwegen grinsend mein Traummann stand.

Vor freudiger Überraschung fehlten mir zunächst
die Worte.

„Willst du mich nicht begrüßen, meine kleine Braut?

Bist du das Aschenputtel?

Weis Gott – du erscheinst mir wie Cinderella
aus dem Märchenland.

Doch wie im Märchen wird auch unsere Geschichte
ein gutes glückliches Ende nehmen.

Denn ich werde von nun an nur noch für dich da sein,“
murmelte er und riss mich ungestüm in seine Arme.

Unser erster zaghafter Kuss war süßer als Honig.

Seine Hände, die mich zärtlich streichelten
erweckten in mir ein nie gekanntes Gefühl.

Selig vor Glück, hielten wir uns in den Armen.

Die Welt versank um uns, die Zeit stand still.

Bis ein Poltern aus der Diele, uns auseinander fahren ließ.

„Ach sieh an, der Bräutigam ist ein Ehrenmann.

Ich dachte schon es war ihm nur ein Spaß wert!“

„Nein gewiss ist es kein Spaß für mich,

denn siehe ich habe für mein Schätzchen und für mich
die Verlobungsringe dabei.“ sagte er ernst.

„Oh – das hätte ich nicht gedacht,“
entgegnete der Alte erstaunt.

„Sieh nur Carla“, wandte sich Günter nun an mich.

„Ja, ja du alter Rechtsverdreher, wie du siehst,
hat alles seine Ordnung, so wie es sein soll,
nun geh mir aus dem Weg…"
„Komm meine Liebste, reich mir deine Hand."
Feierlich öffnete er jetzt ein kleines Schmuckkästchen
und streifte mir einen der beiden Diamantringe
über den Ringfinger und schob sich den Zweiten über.
Ich staunte als er mir den glitzernden Diamantring
präsentierte.
Schweigend ließ ich mir das edle Schmuckstück – Symbol
der Liebe und Treue über den Finger streifen.
„Trage ihn immer, als Zeichen unserer unzerstörbaren
Liebe und Verbundenheit."
Nun hätte ich in einen entzückten Jubelschrei
ausbrechen müssen. Doch derlei Zierrat besaß für mich
keinen besonderen Wert und Reiz,
außer dem symbolischen Wert der Zusammengehörigkeit,
doch ich nickte ergriffen.
„Ja Liebster," hauchte ich.
Doch im nächsten Augenblick rief ich: „Oh – je,
der wird aber schwer leiden bei all meiner derben Arbeit,"
lachte ich verschmitzt.
„Oh, dann werde ich euch eine Dienstmagd schicken,
dann kannst du dich schonen, meine kleine Cinderella,
mein Mädchen aus dem Märchenland.
So trage das Ringlein immer und denk stets in Liebe

an mich, sowie ich den meinen niemals mehr
absetzen werde," bekräftigte er.

Ja ja, alles werde ich tun, wenn ich nur nicht wieder
das grässliche Schloss betreten muss."

„Hm, deine Abscheu und deine Verhaltensweise
ist zwar verständlich, aber falsch.

Denn wie sagt man so, wenn man vom Pferd fällt – sollte
man sofort wieder aufsteigen.

Doch ich will dir Zeit lassen.

So werde ich dich fortan, jede Woche besuchen,
solange bis du mit mir kommen willst.

Dann hole ich dich mit einer weißen Hochzeitskutsche ,"
raunte er und zauberte eine Weinflasche aus seiner Jacke.

„So, nun werden wir unsere Verlobung begießen,
Väterchen – hol die Gläser!"

Kapitel 2 Die verlorene Zeit

.

Von nun an fieberte ich jedem gewissen Tag,
an dem er kommen würde, ungeduldig entgegen.
Die Zeit verlief viel zu langsam, doch wenn er bei mir war,
viel zu schnell.
Der Herbst wechselte in den Winter.
Bald blühten die Narzissen, Krokusse und der Flieder.
Wir spazierten Händchen haltend, verträumt
durch die blühenden Wiesen und verweilten
schmusend auf der knorrigen Bank am Weiher,
dort waren wir allein.
Die Zeit mochte stillstehen, wenn wir die Welt
vergessend, von der Zukunft miteinander träumten.
Der Flieder war längst verblüht.
Die Rosen und Malven erblühten und verwelkten.

.

.

Mehr als ein Jahr war vergangen.
Doch noch immer konnte ich mich nicht entschließen
den letzten Schritt zu wagen und mit ihm auf das Schloss
zu ziehen.
Zudem fühlte ich mich wohl und heimisch in der reizenden
Villa am Berge.
Mir schien es, als hätte ich dort schon ewig gelebt.
Ach, wenn ich doch anstatt mit dem Alten, mit Günter,

meinem Liebsten hier leben könnte, dachte ich, oft.
Ich hatte ja keine Ahnung, dass Günter es war,
der dieses Haus bald erben würde.
Alles wäre anders gekommen.
Denn dieses Haus gehörte ja eigentlich dem
Grafen.
Der wird mich kurzerhand hinaus werfen,
wenn der Alte eines
Tages...

„Du weist noch immer nicht meinen vollen Namen – weist
nichts von meiner Herkunft."
Sprach ich eines Tages meine verworrene Vergangenheit an,
die mir selbst noch immer rätselhaft war.
Er jedoch fragte immer noch nicht nach meinem
gesamten Namen. Er erwähnte nur meine Eltern,
die er ja eines Tages unweigerlich aufsuchen musste.
So wusste er nicht, dass ich denselben Namen und Titel
der Grafensippe trug und eine Blutsverwandtschaft
hätte vermuten können, was das sofortige Ende
unserer Zukunftspläne bedeutet hätte.
Nicht ohne Grund weigerte er sich permanent,
eine seiner Basen zu ehelichen.
Ich allerdings hatte eine andere Vermutung,
wie ich wohl zu dem Namen und Titel gekommen bin.

So entgegnete er: „Ach, Namen sind doch nur Schall
und Rauch – sie bedeuten im Grunde nicht viel.
So wie der Grafentitel, der vererbt und oft
nur eine aufgetakelte, gewissenlose Schmarotzerbande
und Schurken betitelt.
Mögen sie sein wie sie wollen, das geht uns nichts
an.
Auch mit denen können wir uns einigen und unser Leben
so einrichten, wie es uns richtig
erscheint.
Große Worte die mich nachdenklich machten.
Doch so brauchte ich ihn nicht mit dem Paradoxon
schockieren, das nicht zu erklären war: Ich bin einfach
aus der Zeit gefallen.
Dennoch war ich eine Gräfin von
Elzen!
Schließlich bin ich in der Vergangenheit so genannt worden,
wusste ich hundertprozentig, außerdem hätte er
eine Blutsverwandtschaft vermuten können und eine
Verbindung niemals akzeptiert.
Mein Gott ich wusste ja zu der Zeit nicht,
dass ich durch eine Heirat mit ihm in einem vorigen Leben
diesen Namen angenommen hatte und seitdem weiter trug,
auch wenn ich es ahnte.

.

.

Wieder war ein halbes Jahr mit sehnsüchtigen
warten auf den einen Tag vergangen und vertan.
Günter wurde Zusehens ungeduldiger.
„Ich warte nun so lange schon auf dich.
Ich glaube du liebst mich nicht richtig,
du begehrst mich nicht so wie ich dich,
wenn du nicht mit mir gehen willst,"
gestand er mir seine Zweifel, eines Abends gereizt,
ehe er mich verließ.
„Oh, wie kannst du so etwas nur denken,
ich liebe dich wahnsinnig und möchte am liebsten immer
mit dir zusammen sein – aber..."
„Das genügt mir nicht auf die Dauer, ich fürchte,
ich werde mir eine andere suchen müssen – ein Mädchen,
das mit mir alle Wege gehen will.
Im Schloss spotten schon alle über den ewigen Verlobten
ohne Braut. Nun ja – nicht alle.
Da gibt es noch viele Knaben, denen du genau wie mir
den Kopf völlig verdreht hast, denn keine andere
ist so bezaubernd – rätselhaft – unergründlich
wie ein Zauberwesen – wie du es bist.
Dein Haar glitzert und leuchtet wie ein See im Mondschein
oder eher wie Spinnweben im Sonnenstrahl,
so zart und fein hüllt es dich ein, wie eine Elfe
aus dem Zauberwald."
Er räusperte sich, „aeh, hm," um dann zu ergänzen.

"Du hast sie alle in deinen Bann gezogen,
merkst du das alles nicht?"
„Herr Gott ja, die Jungs sind nun mal so empfänglich
für die Reize des Weibes.
Der liebe Gott hat es so eingerichtet,
hat sie so geschaffen.
Das hat mit mir nicht viel zu tun," antwortete ich,
worauf er kopfschüttelnd weiter sprach.
„Ja ich weis, du bist keine Lolita, beileibe nicht.
Eher kindlich naiv, Beschützens wert,"
er räusperte sich ein wenig unbehaglich, um dann unbeirrt
fortzufahren und sagte was er eigentlich für sich behalten
und niemals sagen wollte: „Die Comtes Annabell
wartet schon über zwei Jahre auf einen Antrag
von mir.
Doch ich habe dich – ihr vorgezogen, denn gegen die Liebe,
komm auch ich nicht an.
Es ist schon wieder viel zu spät, so muss ich dich
nun verlassen."
„Nein geh noch nicht – wir wollen niemals
wieder im bösen auseinander gehen,"
flehte ich und hielt mich verzweifelt an ihm fest.
„Verlass mich niemals, denn ohne dich,
kann ich nicht weiter leben."
„Du willst es ja so," entgegnete er grantig und ging.
.

Was er sagte, ließ mich gewarnt aufhorchen.
Er hat recht, so kann es nicht weiter gehen, wenn ich ihn
nicht verlieren will.
Dennoch setzte er seine Besuche fort, doch mit einer
Einschränkung.
„Von nun an werde ich dich nicht mehr jede Woche
aufsuchen.
Doch ich werde dich nie ganz aus den Augen verlieren.
Dieser unnötige Stress macht mich fertig.
Du weißt ja sicher – meine Zeit ist knapp bemessen.
Zudem grassiert eine ansteckende Epidemie
in meinem Bezirk.
Zwanzig Patienten warten heute noch auf meinen Besuch.
Zwanzig Spritzen muss ich noch injizieren
und die Wintertage, an denen es schon nachmittags
zu dämmern beginnt, sind viel zu kurz,
um noch anschließend diese Strecke zu dir zurückzulegen.
So bemühe ich mich künftig hin, wenn ich in der Nähe
oder im Nachbarort einen Patienten aufsuchen muss,
auch dich bei dieser Gelegenheit aufzusuchen.
Nur - wird unser Beisammensein, dann etwas kürzer
ausfallen.
Ach Liebste, das quält mich schon heute,
denn das höchste am Tag ist, wenn ich dich sehen
und in die Arme schließen kann.“

.

Das Weihnachtsfest stand vor der Tür.

Günter hatte sich fünf Tage frei genommen.

„Ach du weißt ja nicht wie einmalig Schön
unsere Weihnachtsfeiern sind, zu denen nur die weitläufige
Familie geladen, im intimen Rahmen,
ohne die lästigen aufgetakelten, eingebildeten Damen
mit Gatten, die glauben durch ihren hohen Rang,
ihres in Geld schwimmenden Ernährers,
etwas Besseres zu sein.

Noch schlimmer sind die Neureichen und geilen Witwer,
welche die Gelegenheit wahrnehmen und glauben,
jedes Weib, besonders die jungen Witwen
oder die neueingeführten hohen Töchter
durch ein lüsternes Augenzwinkern und schmalzige Sprüche,
umgarnend, für sich gewinnen zu können.

Was ihnen auch in der Regel gelang.

Ein junges naives Mädel wie du,
ohne schützenden Bruder und Vater jedoch,
waren ihre erstrebenswerteste Beute.

Doch wie gesagt, sind wir unter uns. Von denen kann dich
keiner belästigen."

Wenn es mir auch schmeichelte, so fiel ich niemals
auf solche Sprücheklopfer herein – hatte ihre faden
abgetakelten Anmachen zu oft schon gehört.

„Überleg es dir gut, schließlich stehst du unter meinem
Schutz.

Das wäre eine Gelegenheit für dich und deinen Einstand."
Das war klar und einleuchtend für mich,
doch ich konnte nicht aus meiner Haut.
„Ja – denn er hat auch seinen Geburtstag an Weihnachten"
rief der Alte dazwischen, der das meiste gesagte,
gar nicht verstanden hatte.
„Ach du unverbesserlicher Schwätzer, musst du denn alles
ausplaudern?" lachte Günter.
„Nun was ist, du schweigst, wie ich vermutet habe.
Doch ich habe für deine Absage vorgebeugt.
Zu deinem Trost - habe ich mir vorgenommen,
die gesamten Feiertage hier, mit dir zu verbringen,
wenn es denn keine Umstände
macht."
„Oh nein, gewiss nicht. Alles kann noch rechtzeitig
vorbereitet werden," sprühte ich in übersprudelnder
Euphorie hervor.
Ach, wie ich mich freue, ich war in einem berauschenden
Glücksgefühl gefangen.
.
Ich räumte, kochte, backte und gestaltete unser Haus
zu einem Paradies für Verliebte.
Günter würde staunen, doch vor allem sollte er sich
wohlfühlen.
Warum kann er nicht für immer hier wohnen?
Doch der Weg in sein zustehendes Revier,

wäre zu weit, war mir klar.
.

So erschien er wohlgemut in bester Stimmung
und entzündete alle Kerzen zum Auftakt. Alles erstrahlte
in einem feierlichen Glanz.
Er kam vollgepackt wie der Weihnachtsmann
mit vielen Geschenken, köstlichem Wein,
doch am wichtigsten war er selbst für mich,
schenkte sich selbst, denn er war mein kostbarstes
Geschenk.
Unsere Augen strahlten mit den Kerzen um die Wette.
Es wurde das schönste Weihnachtsfest,
an das ich mich erinnern konnte.
Doch es reizte uns etwas viel schöneres.
Großväterchen schlief tief und fest, als Günter die schmale
Stiege zu meiner Kammer hinauf schlich.
Zudem war er fast taub und hörte kaum noch was
gesprochen wurde.
Wie reizvoll und erregend der Versuchung – der Sünde
nachzugeben.
Unsere erste verbotene Nacht.
Es war leicht für meinen Liebsten mich zu verführen,
denn ich wollte es genauso intensiv wie er.
Dennoch war es ein wildes ungestümes Fordern
der höchsten Lust, gleichwohl zärtlich und einfühlsam,
das nach immer mehr verlangte.

In irren Ekstasen keuchend, die aller größte Krönung
unseres Glücks zu besiegeln – dem süßen Gift
das den Körper erbebend mit Erfüllung und Lust
beschenkte.
Tief in meinem Inneren, wusste ich, dass ich keineswegs
ein unberührter Neuling auf dem Gebiet der Entdeckung
der Erotik war.
Doch ich stellte mich Naiv, unwissend.
Und immer war da die Ahnung in meinem Hinterkopf:
Das mich schon immer ein tiefes Gefühl mit Günter
verbunden hatte, in irgendeinem anderen Leben,
das mit jedem Zusammensein mehr und mehr zur
Gewissheit wurde.
Wir waren füreinander bestimmt und gehörten
einfach zusammen, wie zwei Hälften eines Ganzen.
Nun waren wir ein Paar, das den Tag gemeinsam begann
und selbstverständlich flocht er mit freudigem Eifer
am nächsten Morgen meinen langen Zopf,
so wie er es all die vielen Jahre und Leben
vorher getan hatte.
Doch auch nach Stunden schwebten wir noch im Rausch
der Leidenschaft – erlebten alles neu.
Spürten das süße Prickeln – das den Körper durchschießt.
Ihn wieder und wieder erbeben lässt. Endlich sättigend.
„Jetzt sind wir ein Leib – du bist mein Fleisch und Blut,"
raunte er zärtlich.

„Von nun an solltest du keinen anderen mehr
ansehen, liebste!"
„Ich habe niemals nach anderen gesehen,
für mich gibt es nur dich," wisperte ich unter heißen
Küssen.

Fünf Tage haben schnell ein Ende.
Wieder musste ich ihn gehen lassen.
Wie ein verlassenes Kind, stand ich noch lange weinend
an der Pforte, bis ich ihn um die Ecke verschwinden sah
und das Hufgetrappel verklingen hörte.
Auch danach sollte jeder Tag mit ihm ein besonderer
Festtag sein.
Doch ich wusste nie genau, wann mein Liebster
wieder glückstrahlend vor der Tür stehen würde.
Dann fielen wir uns ungestüm in die Arme,
zärtliche Worte hauchend.
Während Großväterchen mürrisch nach seinem Gehstock
griff und brummend das Haus verließ.
So stapfte er ziellos durch den Garten, um nicht unserem
Gast, als aufdringlich zu erscheinen.
Uns blieb nicht viel Zeit für Zärtlichkeiten,
denn schon bald stand er wieder wissend grinsend
in der Tür, da er selbst, sich an dem Gast erfreute
und eine willkommene Abwechslung
in unserem Besucher sah.
Günter kam nie mit leeren Händen,

doch er brauchte gar nichts mitbringen, denn das schönste Geschenk ist ja -Er-, dachte ich belustigt schmunzelnd. Außer mit ein paar Flaschen guten Weins, überraschte er mich mit kleinen Geschenken, wie echten Bohnenkaffee, den ich sogleich aufbrühte.

So waren unter den Weinflaschen auch etikettierte Flaschen, die mit Sicherheit nicht alle aus dem Weinkeller des Grafen stammten. Denn der Graf brachte sicherlich von seinen regelmäßigen Besuchen aus Südfrankreich, wo er im Herbst seinen Kurlaub ohne Kinder und Gattin genoss, einige gute Tropfen mit.

Da ich mir zur Gewohnheit gemacht hatte,

alle leeren Flaschen auszuspülen und hernach in Günters

Satteltaschen verstaute, fand ich eines Tages

ein merkwürdiges Etikett in der Abwaschbrühe,

schwimmend.

Ich fischte es heraus und las: Jahrgang 1958.

Wie ist das möglich, was sind das für gefälschte Flaschen?

„Sag mir lieber Günter, wie kommst du an solche Flaschen,

die es ja noch gar nicht geben kann, Flaschen

aus 19 Hundert, zumal wir uns erst in der Mitte

von 18 Hundert befinden?

„Ach, habe ich dir noch gar nicht gesagt, dass ich

gelegentlich einen Abstecher in das Jahr 1961 unternehme,

um bei der Gelegenheit auch mein Mütterlein aufzusuchen,

sie fragt übrigens immer nach dir.

So jedenfalls ergibt es sich, dass ich auch dieses und jenes

Präsent, sowie die Weinflaschen in meinem Gepäck

mitbringe.

„Ach wie interessant, davon hatte ich keine Ahnung.

Du kommst also ursprünglich aus der Mitte

von 19 Hundert?“

„Ja du siehst richtig, das ist meine ursprüngliche Zeit!“

„Ja gut – doch eins verstehe ich nicht,

wie kann es sein das…“

„Freilich ist das nicht zu verstehen,“

beeilte er sich zu sagen, „doch du lachst mich nicht aus, wie ich es befürchtet habe.

Ich wollte dich nicht mit dieser Unglaublichkeit schockieren und es dir bei passender Gelegenheit schonend beibringen."

„Was denn beibringen?" fragte ich, naiv.

„Nun ja – dass ich ein Zeitreisender bin!"

„Ah – ja, ich verstehe!" verwirrte ich ihn.

„Ist das nicht auch meine Zeit um 1961?

Wenn ich recht überlege, bin ich ja auch eine Zeitreisende, dachte ich insgeheim.

Doch das behielt ich für mich.

„Wie kam es, dass du ausgerechnet in diese alte Zeit geraten bist."

„Ach schon immer drängte es mich, mehr von meinen Urahnen zu erfahren.

So wusste ich von einem heroisch, berüchtigten
Ur – Urgroßvater von mir, der heldenhaft,
dominant, doch gleichwohl üblen Rufes, streitbar bis tyrannisch war.

Ein Held in den Augen eines neugierigen Knaben mit zu viel Fantasie.

So stand ich als Kind täglich vor Ehrfurcht bebend, vor seinen gerahmten Gemälden, die noch heute in der großen Halle ihren Platz haben und dem Betrachter imponieren.

Schon als Kind reizte und drängtes es mich schon immer,
ihn einmal selbst kennen zu lernen.
In meinen Fantasien stieg er des Nachts
aus dem Bilderrahmen und erwachte zum Leben.

.

Ein schreckliches Unheil, das mir vor einigen Jahren
widerfuhr und mich zutiefst erschütterte, trieb mich fort
von meinem zerstörten Leben und zog mich
zu meinen Urahnen.
So gelangte ich in das Jahr 1837.
Hier habe ich mir bei meinen Vorfahren eine neue Existenz
aufgebaut und hier werde ich auch bleiben.
Welch ein Glück, dass ich dich hier gefunden habe.
Die einzige große Liebe meines Lebens.
Unsere Liebe ist endlos und unlöschbar.
Nur – bleib mir immer treu, wenn ich gehen
und dich für eine Zeit verlassen muss!"
„Ach ich schaue keinen anderen an, denn nur du
bist der „Eine" den ich will.
Was sollte ich da noch nach Anderen schielen,"
entgegnete ich leidenschaftlich und überzeugt.
„Oh du meine Liebste, wie beruhigend und schön von dir
gesagt, denn auch ich kann an nichts anderes mehr denken
als an dich, wenn ich alleine bin."
Fügte er erleichtert, aufatmend hinzu.
„Ich dachte erst es geht auch ohne dich,

da gibt es so viele andere, hübsche Mädels wie die
Annabell und...
Ich brauchte nur die Arme ausstrecken.
Doch keine hat dieses erregend, wundersam
unaussprechliche Flair wie du, gegen das
ich wehrlos und nur von dem einen Wunsch beseelt bin,
dich immer neben mir zu spüren.
Wenn ich morgens erwache, will ich deine Augen
voller Glück, leuchten sehen, wenn du erwachst.
Doch leider sind uns hier nur wenige Stunden gegeben.
Zu wenig, um unsere Liebe auszuleben
und zu festigen.
Denn nun muss ich dich schon wieder verlassen.
Du weist ja – mein aufreibender Dienst ruft mich
und lässt keine Trödelei zu."
Ich hätte ihn längst unterbrechen – ihm sagen
sollen: „Du übertreibst mal wieder."
Doch ich genoss zu sehr, was er sagte.
So winkte ich ihm mal wieder unter Tränen,
doch tapfer lächelnd nach, als er sein Pferd bestieg
und nach einem letzten, sehnsuchtsvollen Blick zurück,
davon stob und hinter einer Staubwolke verschwand.

Kapitel 3 Das Uhrwerk des Lebens

.

Ich vermisste nicht die Autos und die ratternden Zweiräder.
Ein Autobus allerdings fehlte hier um 1841.
Die Postkutsche fuhr nicht regelmäßig,
zudem war sie meist überbesetzt.
Wie gern würde ich ein paar Orte weiter den großen
Kramladen aufsuchen.
Dort gab es alles, von Stoff, Wolle, Knöpfen und Strümpfen,
ja sogar Schrauben und Werkzeug sowie Schreibwaren
und einen Schuhmacher.

.

.

Drei Wochen schon war er nicht mehr gekommen.
Allmählich war ich des ewigen Wartens müde.
Sicher konnte er der aufreizenden, schmachtenden
Annabell, die ihm schöne Augen macht und immer
in seiner Nähe war, nicht länger widerstehen
und war ihr längst verfallen, dachte ich oft
mit einem schmerzhaften Ziehen der Eifersucht im Magen.
Ich musste jetzt handeln, wenn ich ihn nicht ganz verlieren
wollte.
So hatte ich mich endlich aufgerafft und mich entschlossen,
wenn möglich, doch zu ihm zu fahren.
Ein Überraschungsbesuch, um meinen ehrlichen,
erkennbaren Willen zu bezeugen.

Nun eben war die Gelegenheit gegeben.
Ich stand vor dem Bäckerladen,
als die Postkutsche direkt neben mir hielt
und diesmal war sie bis auf den Postillon unbesetzt,
stellte ich zu meinem Glück fest.
So sprang ich spontan hinzu und gab mein Ziel an.
„Ach das reizende Comtesschen auf Abwegen.
Nun will sie sicher eiligst wieder zum Schloss,
bevor der gestrenge Herr Papa die Töchter zählt
und ihre Abwesenheit bemerkt hat.
Einmal durchzählen die ganze Schar, ha, ha,"
witzelte der Kutscher augenzwinkernd.
„So komm Kleine, das ist ja täglich meine Richtung.
Wir werden die kleine Ausreißerin schon heil nach Hause
bringen," ergänzte er, verschmitzt grinsend,
sodann öffnete er den Schlag, griff meinen Arm und half
mir den Tritt herauf.
„Hüea ihr Braunen," rief er und ließ die Peitsche knallen.
Schon setzte sich das Gefährt in Bewegung.
Nachdem er mehrmals einen kurzen Halt einlegte,
um auch andere Postempfänger zu beliefern,
tauchte in der Ferne das pompöse Schloss,
auf einer Anhöhe, thronend wie auf Wolken schwebend,
auf.
Nervös und aufgeregt spürte ich ein wohliges und
gleichsam unbehagliches kribbeln bis in die Fingerspitzen,

als ich den Palast aus der Nähe erblickte.

Nun gibt es kein Zurück mehr, jetzt muss ich es durchstehen, dachte ich ein wenig verzagt,
als die Kutsche anhielt.

Wir haben für heute keine Depesche für das Schloss, Comteschen, so musst du die letzten Meter zu Fuß gehen," belehrte er mich unnötig.

Leichtfüßig sprang ich den Tritt hinab, ehe mich der Mut verließ.

„Wartet noch ein paar Minuten guter Mann – falls er nicht da ist," rief ich noch, hob meine Röcke an und lief los.

Das Schloss war noch etwa hundert Meter entfernt.

Ich stockte plötzlich.

War das dort nicht Günter, mein Liebster?

Im näher kommen sah ich ihn tatsächlich, direkt auf dem Schlosshof vor mir.

Doch er war nicht allein. Aber was tat er da?

Der Schock traf mich unvorbereitet, als ich ihn mit einer Frau in inniger Umarmung, erblickte.

Jetzt küssten sie sich.

Aber er ist doch mein Bräutigam, wie kann er nur ... empörte ich mich.

Es gab keinen Zweifel, ich sah es ganz deutlich.

Verstört ging ich langsam weiter,
von diesem ungeheuerlichen Schauspiel angezogen.

Doch ich konnte nicht die Worte meiner Rivalin verstehen.

.

„Viel lieber hätte ich dich genommen," raunte sie
und nahm in einer blitzschnellen Bewegung sein Gesicht
mit ihren Händen.
„Nur einen einzigen Kuss zum Abschied
will ich noch von dir," säuselte sie und presste
einen leidenschaftlichen Knutscher, der kein Ende nehmen
wollte, auf seinen Mund.
Als er sie abzuwehren begann, biss sie ihm in die Lippen,
bis das Blut floss.
„Nimm das als Abschiedsgeschenk, dafür das du mich
so lange hingehalten und verschmäht hast," wisperte sie
spöttisch, begleitet von einem höhnischen Lachen,
das ihm in die Glieder fuhr.
„Du hinterhältiges Miststück," fauchte er keuchend,
sich das Blut von den Lippen wischend
und stieß sie ungestüm von sich, so dass sie sich
im letzten Moment wieder fangen konnte.
„So nimm deine Dorfschlampe," spöttelte sie,
zwischen Lachen und Weinen und lief davon.
Mir jedoch ergab sich ein völlig anderes Bild.
.

In seinem Zorn sah mich Günter zunächst nicht kommen,
denn er beugte sich, um das Blut auszuspucken
und begann sich danach umständlich die Lippen
abzutupfen, um dann den Blick der Entschwindenden

nachsehend: Verdammte Hetäre," zu fluchen.
Indessen war ich angelangt und spie in meiner
Enttäuschung – Niedergeschlagenheit und Abscheu,
die gehässigen Worte aus: „Ha – wie es scheint,
will sie dich gar nicht und ist vor dir davon gelaufen.
So ein Pech für dich, denn ich will dich jetzt
auch nicht mehr.
Eure wilde Umarmung ist wohl nicht nach deinen
Wünschen ausgefallen!
So sieht also deine große Liebe zu mir aus," brachte ich
noch krächzend hervor.
Ich zog meinen Ring ab und warf ihn, ihm vor die Füße.
„Ich habe tatsächlich deinen verlogenen Schwüren
geglaubt – dass du – dass wir..."
Ich konnte nicht weiter sprechen.
Das Würgen in der Kehle, das unbedingt heraus wollte
und sich als peinliche Schluchzer Bahn brach,
ließ mich verstummen.
„Aber Carla, Liebste es ist alles ganz anders,
als es dir erscheinen mag. Sie hat mich heimtückisch
überrumpelt. Ich liebe nur dich!"
Vor Empörung und Scham, drehte ich mich
abrupt um – hörte nicht mehr seine verlogenen
Ausreden und lief wie gehetzt davon.

.

Die Postkutsche stand noch an ihrem Platz.

Der Kutscher öffnete mir verdattert den Schlag
mit den Worten: „War das nicht der junge Grafendoktor
mit der kessen Annabell? Nun, er ist ihr ja schon ewig
versprochen.

Doch man munkelt von einer heimlichen Liebschaft
des Doktors – einer bezaubernden Unbekannten,
ja geradezu von einem betörenden Wesen,
von der keiner weis, wer sie ist und woher sie kommt.

Das Märchen von der Enkelin des Advokaten – glaubt
keiner so recht.

Nun wandte er sich aufmerksam und neugierig geworden
zu mir um, betrachtete mich, nachdenklich den Kopf
wiegend und fügte sinnend hinzu: „So wie du etwa,"
um dann augenzwinkernd zu ergänzen; „Du bist also
das geheimnisvolle, betörende Wesen,
ich hätte es wissen sollen.

Nun, so habt ihr es selber heraus gefunden"

„Ich bin gar keine der Comtessen, ich bin nur die Enkelin
des ausgedienten Advokaten des Grafen," murmelte ich
und begann hemmungslos zu heulen.

Ich konnte diesen Gefühlsausbruch nicht unterdrücken
und zurück halten.

„So fahr er doch endlich, ich will nur schnell fort von hier."

„Ja, ich verstehe. Aber es geht in der Richtung weiter.

Ich habe noch etliche Depeschen und wichtige Telegramme

abzuliefern, erst dann geht es wieder zurück, Kindchen!"

„Ach egal, alles ist mir jetzt recht," seufzte ich.

Und weiter ging die Fahrt, um den See, durch das kleine
Wäldchen in die nächsten Dörfer.

Allmählich beruhigte ich mich wieder.

Nun ist endgültig Schluss, ein Ende mit Schrecken.

Ich machte mir keine Illusionen, strich ihn

aus meinem Herzen. War der Schmerz im Moment

auch unbeschreiblich groß und niederschmetternd,

die Pein unerträglich.

So würde er mit der Zeit geringer, doch ganz vergessen
würde ich „Ihn" nie.

Denn die Qual – der stechende Schmerz der Eifersucht,
brannte noch lange höllisch.

So waren mir doch mehr als zwei köstliche Jahre geschenkt,
in denen ich wie auf Wolken schwebte.

Jetzt bin ich wieder brutal auf dem Boden gelandet
und aus süßen Träumen aufgewacht.

Ein Mann kann nun mal nicht treu sein.

.

.

Es dämmerte bereits als wir den Rückweg ansteuerten.

Großväterchen wird mich schon ungeduldig erwarten
und mich mit Recht schelten.

Nun denn, ich werde auch dieses kleine Übel überstehen,
dachte ich verdrossen.

Endlich hielt die Kutsche vor der Villa.

„Oh – ich habe noch gar nicht meine Fahrkosten beglichen!
So wartet noch einen Augenblick, ich will rasch meine
Geldbörse holen!"

„Ach lass nur Kleine, es war mir ein besonderes Vergnügen
mit einer so reizenden Person wie dir,
ein paar Stunden der langweiligen Fahrerei,
erfrischt haben zu können, solch ein liebreizendes Elfchen,
sogar mit Trauermine, auch noch entzückend,
werde ich so schnell nicht wieder in meiner Obhut haben.
.

Das Haus war dunkel.
Nur in Großväterchens Schlafstube brannte noch ein
spärliches Licht.
Nanu, er wird doch nicht ohne Abendessen zu Bett
gegangen sein?
Als ich die Haustür öffnete, trat mir eine fremde,
verhärmte Frau entgegen.
„Wer seid ihr und was macht ihr hier?" fragte ich,
mit einem mulmigen Gefühl.
„Ich bin die Gemeindeschwester. Der Doktor hat mich
beauftragt den alten Herrn zu versorgen!"
antwortete sie schnippisch.
„Aber wieso – ich verstehe nicht, das ist doch meine
Aufgabe," stammelte ich verständnislos.
„Ach ihr wisst ja gar nicht was geschehen ist.

Der alte Herr hat wohl vor Sorge und Aufregung
über euer Fernbleiben einen Schlaganfall erlitten.
Glücklicherweise hat ihn der Herr Doktor noch rechtzeitig
gefunden. Er hat noch lange auf euch gewartet,
doch als ihr nicht kamt, hat er mich beordert,
den Patienten zu versorgen!"
„Oh – je, auch das noch. Wie geht es dem Kranken jetzt?
Kann er denn noch sprechen?"
„Nun ja, sehr beschwerlich, er lallt unverständliche Worte.
Doch kommt und seht selbst."
Ich war auf alles gefasst, als ich zögernd in sein Gemach
trat und vor seinem Krankenlager stand.
Ach Gottchen, da liegt er hilflos in seinen Kissen.
Als er mich sah, ging ein Ruck durch seinen Körper.
„Er erkennt mich, seht - seine Augen sind munter."
Aufgeregt versuchte er, sich verständlich zu machen.
Doch es kam nur ein unverständliches Lallen heraus.
„Was machst du nur für Sachen.
Ich habe doch nur eine Kutschfahrt unternommen.
Also eine Fahrt mit dem Postwagen, die sich länger
hingezogen hat, als ich glaubte.
So musste ich warten, bis sie wieder zurück fuhr.
Dachtest du etwa ich würde nicht wieder kommen?
Wo sollte ich denn hin?
Hier bei dir, ist doch mein Zuhause, hier bei dir.
Hat sie dir auch genug zu essen gegeben?

Ich sehe das Brot ist nicht angeschnitten!"

„Ach mein Fräulein, ein Brot kann er nun wirklich nicht essen. Man kann ihm nur einen Brei einflößen, wie einem Kleinkind und selbst den bringt er nur mit Mühe runter!" beklagte sie.

„Sollte er dann nicht künstlich ernährt, ich meine mit einer Magensonde ernährt werden!"

„Mit einer Magensonde? Davon weis ich nichts, doch hat der Doktor auch sowas erwähnt. Doch vorerst sollten wir es auf die natürliche Art versuchen.

Sorgt euch nicht, ich werde mein Bestes geben. Wir müssen noch zufrieden sein, wenn er keinen Rückschlag erleidet."

„Es gibt doch Patienten, die sich wieder vollständig erholt haben und genesen sind."

„Das ist mir wohl bekannt, doch leider trifft das meistens nur auf jüngere Patienten zu, so viel mir bekannt ist! Nun – Ausnahmen bestimmen die Regel!" belehrte sie mich.

„Der Doktor wird zunächst täglich seine Aufwartung machen. Er allein bestimmt, wie es dann weiter geht mit ihm."

„So so, der Doktor kommt also täglich, dann braucht ihr mich ja nicht und ich kann mich zurück ziehen, wenn er kommt." sagte ich töricht.

„Bah - was könntest du denn schon ausrichten,
ein Zierpüppchen wie du. Ach, und außerdem,
sagte der Doktor noch: Wenn du ihm davon läufst,
so ist das deine feige Entscheidung.
Er wird dich nicht belästigen, wenn du seine Gegenwart
nicht ertragen kannst."
Ich schnappte nach Luft...
„Wie – was – das hat er zu dir gesagt. Ich fasse es nicht.
Sicher wäre es ihm lieber, wenn ich hier ausziehe
und gänzlich verschwinde," brachte ich, tief gekränkt
und beleidigt hervor.
„Das geht mich nichts an, außerdem verstehe ich nicht,
was du gegen den charmanten Doktor hast.
Doch wenn du frühzeitig gehst, müsste ich noch bleiben,
obgleich die Krise überstanden zu sein scheint.
Er ist so weit stabil, meint der Doktor – wenn nicht etwas
unvorhergesehenes passiert," fügte sie, kopfschüttelnd
hinzu.
„Wenn ich dann bald gehe, bliebe dir, ihn zu pflegen,
also waschen und ihm einen nahrhaften Brei einzuflößen.
Das ist gewiss nicht zu viel verlangt – selbst wenn es dich
ekeln sollte.
Doch denke ich, bald schon wird er wieder selbstständig
den Löffel zum Munde führen können. Doch lass ihn nicht
zu oft allein, denk nicht nur an dich.
Denn das kann leicht zu einem Rückfall führen.

Und so ein Rückfall endet in seinem Alter meist tödlich.
Doch vorerst werde ich noch bleiben und dich einarbeiten."
„Ich werde ihn schon gut versorgen," versprach ich.

Am nächsten Morgen schon, klopfte es ungeduldig
an der Tür.
Ich rüttelte die Schwester wach und eilte sodann,
feige durch den Hintereingang nach draußen.
Ich wollte ihn jetzt nicht sehen.
In dem großen Garten hatte ich unzählige Stellen,
um mich zu verstecken.
Erst als ich das Hufgetrappel sich entfernen hörte,
kam ich wieder zum Vorschein.
„Der Doktor war sehr enttäuscht, ja gar erbost,
euch nicht angetroffen zu haben.
Was soll er denn nun denken? Er kommt fortan nur noch
abends, um die unangenehme Sache mit der Verdauung zu
regeln. Er meint damit kann man dich nicht belästigen,
damit wärst du überfordert.
Bah – jede normale Frau muss mit sowas alleine fertig
werden, doch so einem empfindlichen, Püppchen
wie dir, ist das natürlich nicht zumutbar,"
äußerte sie bissig.
„Wie du meinst Schwester," erwiderte ich,
ungerührt auf ihre gehässige Anspielung, um mir noch

anhören zu müssen: „Ich sehe schon, dass ich hier
wochenlang meine Zeit vergeuden werde!"
ergänzte sie, mit bösen Blick.

Nun, da ich wusste, dass Günter erst am Abend kommen
würde, brauchte ich mir nur noch eine auswärtige
Zerstreuung suchen, um ihm im Hause nicht zu
begegnen.

Ich fand sie bei einer befreundeten jungen Witwe,
die ich im Bäckerladen kennen und schätzen gelernt hatte.
Sie war kinderlos und allein wie ich.
Sie freute sich stets auf meinen Besuch.
Wir konnten über alles reden, außer von meiner
ungewissen Herkunft, von der ich ja selbst kaum wusste.
Ebenso von meiner fragwürdigen Zeitreise,
von der ich weder den Ort – noch die Zeit kannte.
Was ja kaum zu verstehen ist.
Es ist schwer allein zu sein, klagte sie.
Die Nachbarn beginnen mich zu meiden.
Ohne Mann, war ich nicht mehr vollwertig – nicht
gesellschaftsfähig.
Die Einladungen blieben aus. Doch wie sollte ich so einen
ernsthaften Bräutigam finden, wenn ich als Frau nicht
irgendwo allein hingehen konnte, außer zum Bäcker
oder zum Metzger.
Zu meinem Unglück habe ich keinen Vater mehr

und keinen Bruder, unter dessen Schutz und Begleitung
ich nirgendwo dazu gehörte, keine die mich begleiteten
und wieder in die Gesellschaft einführen würden.
Eine alleinstehende Frau ist aus der Gesellschaft verbannt,
sobald sie keinen Gatten mehr hat.
„Was ist mit dir? Du bist so lange ich dich kenn, allein.
Dir liegt wohl nichts an einem Gatten,
obgleich dich alle Männer anhimmeln, wie ich immer
wieder feststelle.
Du hast größere Chancen als ich, einen Mann zu finden.
Ein betörender Augenaufschlag von dir
und dein bezauberndes Lächeln und die Männer
sind dir verfallen, dass ein einziger Blick, jeden potenziellen
Kerl umhaut. Doch dich scheint das nicht zu interessieren."
Worauf ich genervt die Schultern zuckte: „Und wenn, wie
sollte ich mich jemals für einen entscheiden.
Zudem gab es den einen schon längst, doch der,
hat mich enttäuscht und bloß gestellt – nun will ich ihn
nicht mehr," fügte ich verdrossen hinzu.
„Doch der Männer gibt es so viele, attraktive und betuchte,
du hättest die volle Auswahl, aber du schaust keinen an,
zeigst allen die kalte Schulter.
Du bist ein merkwürdiges Mädel, so jung und dennoch
so selbstbewusst und gleichsam unergründlich.
Ich weis das du seit langer Zeit schon bei deinem Großvater
lebst, doch wo kommst du nur her?"

Sollte ich nun sagen: „Ich bin einfach aus der Zeit gefallen."
So konnte ich nur schweigen.
Bei einem Likörchen plauderten wir von Gott und der Welt.
"Weist du - was ich die Gemeindeschwester neulich
im Laden habe, sagen hören? Sie sprach es eines Abends,
bevor ich gehen wollte, also sie sagte: „Es ist nicht zu
fassen. Dieses merkwürdige Schönchen, die bei den alten
Rechtsverdreher lebt, die hat doch tatsächlich
Angst vor unserem charmanten, göttlichen Doktor,
den alle anhimmeln.
Wie ist das zu verstehen?"
Worauf ich nur die Schultern zuckte und eine Antwort offen
ließ. Die Zeit verging viel zu schnell, bis wir uns wieder
trennen mussten.

Nur ein paar hundert Meter weiter, wartete ein einsamer
Kranker auf meine Aufmunterung,
dem ich mit meinem jugendlichen, erfrischenden Esprit,
seine trübe Welt rosig und schön redete
und somit behände in den Schlaf säuseln konnte.
„Morgen wird alles besser, du wirst schon sehen,
bald kannst du in deinem Lieblingssessel am Fenster
sitzen und den ganzen Tag die Sonne sehen können."
Es war gewiss keine leichte Aufgabe,
den stocksteifen Zeitgenossen auf seinen Stuhl zu
befördern.
Wenn er dort saß, vermittelte er ein wenig Normalität.

So, nörgelte er nicht mehr den lieben langen Tag,
wenn er die Entwicklung der Obstbäume, von der Blüte,
zur süßen Frucht und die neugepflanzten Blumen,
bestaunen konnte.
„Bald wirst du wieder deine Beine setzen können!",
flunkerte ich, um ihn aufzumuntern.
Doch in Wahrheit, machte er keinerlei Fortschritte.
Dennoch gab ich ihm die Möglichkeit, dem langweiligen,
verhassten Bett eine Zeitlang zu entkommen
und wie früher immer in seinem Lieblingssessel,
anstatt siechend im Bett zu vegetieren - ein trügerisches
Fünkchen Normalität.
Zunächst freute er sich wie ein Kind mit strahlenden Augen,
wenn er nach der langen Nacht meine Schritte hörte
und sein Frühstück in dem bequemen Ohrensessel
einnehmen konnte.
Was für ihn ein lästiges Übel, war für mich ein hartes Stück
Arbeit. Die Übersiedlung zweimal täglich
war ein mühseliger Kraftakt, denn ich war nun schon
Monate lang allein mit ihm.
Die schnippische Helferin, die mich hasste
und nur alles schwarz reden konnte und ihm somit
seinen Lebensmut nahm, hatte ich vorübergehend,
fortgeschickt.
Zwar in dem Wissen, das nun noch mehr Arbeit
auf mir lasten würde und meine Freizeit

noch mehr einschränkte.
Wozu brauche ich viel Freizeit, was soll ich
mit Freizeit anfangen?

Trotz all meiner unerschöpflichen Versuche,
durch Massage seiner alten Knochen
und in die abgebauten, verkümmerten Muskeln wieder
Leben zu bekommen, blieb er lahm wie eine Statue.
Eher hatte ich das Gefühl, das er mit der Zeit – weiter
abbaute.
So kann es nicht weiter gehen.
So kam es, dass er eines Tages die Nerven zehrende
Umsiedlung plötzlich ablehnte.

Eines Abends nach meiner Rückkehr, von einem
anregenden Plausch, bei meiner mitfühlenden Bekannten,
fand ich ihn fidel in einen komfortablen Rollstuhl,
den Günter ihm bereitgestellt hatte.
Doch da er sich auch darin nicht mehr allein bewegen
konnte, war er nicht von besonderem Reiz für ihn.
Nach fast einem Jahr, wie eine Puppe herumgeschoben
zu werden, hatte er seinen Lebenswillen verloren.
„Ich kann und will dieses nutzlose Leben nicht länger
ertragen!" glaubte ich aus seinem Gelalle, die Worte
herauszuhören.

Die und die folgenden Worte, die ich zu verstehen glaubte, erschütterten mich zutiefst und entmutigten mich.

Kapitel 4 Heiter bis wolkig

.

Gleichwohl verschlechterte sich sein Zustand merklich.
Jeder noch so kleine Fortschritt, der mich im Laufe der Zeit
erfreute und meine Hoffnung schürte, war verloren.
Ich musste ihn wieder versorgen, wie einen Säugling
und spielte mit dem Gedanken, die Schwester wieder
hinzuzuziehen.

.

.

Nach einigen Wochen wartete ich auf Günter vergeblich.
Stattdessen schickte er wieder die Gemeindeschwester.
Er selbst war wohl der ständigen Fahrerei überdrüssig
und es leid, von mir nie empfangen worden zu sein.
Nach einem Jahr kam er gar nicht mehr.
Nun musste ich mich wieder mit der mürrischen
Gemeindeschwester arrangieren.
Günter hatte noch andere unzählige Patienten,
die ihn dringend brauchten.
Doch jetzt war er völlig ausgeblieben und benötigte
nun selbst eine Erholungspause.
So beabsichtigte er einen verlängerten Weihnachtsurlaub
einzulegen, um seine Lebens und Schaffensgeister
neu zu finden.

.

Ich versuchte auf alle möglichen Arten, dem Alten,

ein wenig Lebensfreude zukommen zu lassen.

So schob ich seinen Rollstuhl dahin, wo immer ich mich befand.

Meist war es die Küche und redete pausenlos mit ihm,
im Glauben, so seine Lebensgeister zu wecken
und ihn aufzumuntern, so dass er auch hier,
inmitten des Trubels das Gefühl hatte dazu zugehören.
Bis er auch hier zu nörgeln begann.
„Das alles hier betrübt mich nur, fahr mich zurück
in meine Kammer – in mein Bett, ich bin müde,
so müde des Lebens, das kein Leben mehr ist.

.   .

.

Weihnachten rückte näher.
Wenn er doch nur einmal noch kommen würde,
dachte ich verzagt. Ach könnte er doch, wie damals
zu den Festtagen kommen.
Aus Groll, Stolz und Unreife, habe ich die große Liebe
meines Lebens vertan.
Doch inzwischen war mir zugetragen, dass dieses Flittchen,
ihn akribisch verfolgt, um ihn für sich zu gewinnen.
Obgleich sie indessen eine Verlobung mit einem anderen
eingegangen war.
Doch er war nur ein Lückenbüßer, den sie nicht mehr ernst
nahm und nur ihr Spiel mit ihm trieb.
Sie geizte nicht mit ihren Reizen.

Sie probierte, wie weit sie gehen konnte.
So war es für sie immer aufs Neue, ein Spiel mit dem Feuer.
Doch noch immer würde sie ihn dem anderen vorziehen,
wenn er sie wollte.
Der Grafendoktor jedoch zeigte kein Interesse
an einer festen Bindung mit ihr.
Obgleich jeder wusste, dass die andere ihn längst zum
Teufel gejagt hatte.
Es müsste doch auch mit dem Teufel zu gehen – wenn es
ihr nicht gelingen würde ihn herumzukriegen.
Gelegenheit macht Diebe.
Selbst wenn Günter mit ihr eine seichte Matratzenaffäre
hatte. So hat er sie offenbar in ihre Schranken gewiesen,
mich nicht aus seinem Herzen verloren und fallen gelassen.
.

Doch viel Zeit ist vergangen, nichts ist von ewiger Dauer.
Jetzt würde ich ihm alles verzeihen, dachte ich oft
reumütig.
Ich wusste ja nicht: Da gab es gar nichts zu verzeihen.
Nur schwache Menschen können nicht vergeben
und verzeihen. Wer sagte diese Worte?
.

Längst war ich offen für einen Neubeginn.
Echte wahre Liebe kann auch viel verzeihen
und bleibt für immer, sie kann nicht so einfach erlöschen.
Wie kindisch, egoistisch, kleingeistig und feige von mir.

Wenn du mich noch liebst – so fliege ich dir mit wehenden
Fahnen entgegen, schwirrte es in meinem Kopf.
.

Das größte, schönste Zusammentreffen sollte wieder
das Weihnachtsfest – in Liebe und gegenseitiger
Verbundenheit werden.
So war ich inzwischen geläutert, verdrängte und kämpfte
gegen gekränkte Eitelkeit, Eifersucht und Rache.
Wer bin ich denn, dass ich einen Fehltritt nicht verzeihen
sollte.
Der tief sitzende Groll, hatte sich verflüchtigt.
Die Kränkung tat fast gar nicht mehr weh – nach so langer
Zeit.
Doch mein eilig geschriebener Brief kam zu spät,
er erreichte ihn nicht mehr.
.

Ein romantisches Weihnachtsfest mit ihr war undenkbar
für Günter, obgleich er sich nichts schöneres
hätte vorstellen können.
Sie hatte längst mit ihm abgeschlossen – hatte ihn aus
ihrem Leben verbannt.
Den Gedanken mit ihr zu feiern, hatte er längst verworfen.

Kapitel 5 Verworrene Wege

.

Voller Eifer und Vorfreude, doch nicht ohne einen winzigen
Zweifel, bereitete ich unser kleines Paradies – zu einem
romantischen Liebesnest vor.
Es gab viel nachzuholen.
Eine Aussprache, die nichts ausließ.
Großväterchen platzierte ich für die Zeit
der Vorbereitungen in der Küche. Er sollte in dem Trubel
meiner umfangreichen Tätigkeiten aufleben.
Doch er zog es bald vor, lieber in seinem Kämmerlein
zu dösen. Alles andere störte ihn nur.

Günter, der von diesem plötzlichen Gefühlsausbruch
nichts ahnte, befand sich zu dieser Zeit,
längst auf einer anderen Ebene.
Im Jahr 1962, um das Weihnachtsfest mit seinem
Mütterlein vorzubereiten und nach alter Tradition
zu feiern.
Zumal Weihnachten auch sein Geburtstag war.
So dass er sich im kleinen Familienkreis, Erholung erhoffte.
Er war ausgelaugt und überarbeitet.
Er bemerkte sehr wohl die versteckte Häme, die ihm im
Schloss entgegen schlug: Der verwünschte – belächelte
Prinz.

Diese Situation, die ihn nieder warf und ihn lähmte.
Ich glaube er hat, um nicht ständig über sein Versagen
nachgrübeln zu müssen, aus Frust und Verdrossenheit,
auch noch die Vertretung in Nachbarbezirk, übernommen.
So hatte er sich eine längere Auszeit zugedacht,
eine geruhsame Zeit, fern ab von allen Pflichten
und Trubel – abschalten und neue Kräfte sammeln.

.

Es dämmerte bereits, als die Kirchenglocken zur ersten
Andacht riefen.
Das kalte Büfett war angerichtet, im Ofen brutzelte
die Festtagsgans.
Der Sekt war gekühlt – die Kerzen sorgfältig platziert,
warteten darauf angezündet zu werden.
Ein glimmendes Feuer war neu entflammt.
Ein Kribbeln der Vorfreude breitete sich in mir aus.
Ich stand lodernd in Flammen, als der Zeiger auf Sechs
rückte.
Ich glühte noch um acht Uhr, wonach ich um Zehn abkühlte
und um Mitternacht erlosch.
Das ist also das Ende dieses Kapitels, alles ist aus,
dachte ich ernüchtert, nach der dritten Flasche
mit der ich mich in meinem Kummer vollgedröhnt,
alle Empfindungen runtergespült hatte und mir selbst
dümmlich kichernd, zugeprostet hatte.

.

Das war die scheußlichste, einsamste Weihnacht
meines Lebens, welche ich zwischen Hoffen
und Selbstzweifel, verbrachte.

Günter indessen, der noch Stunden allein in der großen
Stube saß, nachdem die Mutter schon lange schlief,
beklagte verdrossen sein bedauernswertes Schicksal.
Auch er hatte bereits die dritte oder vierte Flasche gelehrt
und dachte in Wehmut: Ich glaubte an sie,
ich war mir so sicher, sie ist die „Eine" – mein Mädchen
für immer.
Im rührigen Alkoholrausch fantasierte er: Ich dachte,
die bezaubernde Cinderella, mein Mädel aus dem
Märchenland wäre zum Leben erwacht.
Doch Märchen lösen sich bei näherer Betrachtung auf,
verflüchtigen sich, sind nur noch Fantasie und nicht
für die Wirklichkeit bestimmt.
Meine Seele ist längst erfroren und dennoch schmerzt es
immer noch fürchterlich.
Das alles – es war einmal.
Zurück blieb nur ein schöner Traum.
Nie zuvor hat eine Frau so tief mein Herz berührt wie sie.
Nie vorher durchströmte mich dieses unbeschreibliche
Glücksgefühl, wenn sie in meinen Armen lag,
wie ein flüchtiges Vögelchen, ein kostbares Kleinod,
das sich im nächsten Moment auflösen könnte.
Jetzt würde ich alles für sie tun.

Ein Haus kaufen – sie auf der Stelle heiraten – stets ihr Sklave und Diener sein.

Warum habe ich nicht früher gehandelt?

Oh, wenn sie mich doch nur einmal anhören würde.

Kapitel 6 Böses Erwachen

Am nächsten Tag erwachte ich erst gegen mittags,
natürlich allein.
Mein Kopf brummte. Ich warf eine Pille ein und schlief
weiter.
Ich wollte nicht in die grausame, trostlose Wirklichkeit
zurück. Im Halbschlaf hörte ich eine Frauenstimme.
Alles ist Okay Großväterchen wird versorgt,
dachte ich beruhigt, warf noch eine Pille ein
und schlief weiter.
Doch ich sollte eine böse Überraschung erleben.
Denn die gute Seele – die Pflegerin hatte sich
freigenommen. Sie war nur gekommen, um mich davon zu
benachrichtigen.
So entbehrte Großväterchen nicht nur seine Mahlzeiten,
sondern auch seine hygienische Pflege,
wie die notwendigen Injektionen. Was ich nicht wusste!

Ein übler Geruch strömte mir entgegen, als ich am späten
Abend nach ihm sah.
„Aber Väterchen, konntest du nicht noch ein wenig länger
warten?" rief ich, vorwurfsvoll, die Nase rümpfend aus.
Doch er hatte nicht gewartet – konnte nicht mehr warten,
worauf auch, auf ein Wunder?

Seine Augen starrten blicklos ins Leere.

Seine Lippen waren blau, die Finger eisig kalt und starr.

Ich schreckte zurück... im selben Moment wusste ich,

das ist auch mein Ende. Jetzt bin ich wieder allein

und heimatlos.

Was soll ich nun noch hier?

Hier ist nicht mehr meines Bleibens.

Aber wohin soll ich gehen in dieser fremden Zeit,

ohne meinen einzigen Liebsten.

Aber er ist ja gar nicht mehr mein Liebster.

Nun weis ich genau, dass er sich gegen mich entschieden

hat.

Das war der schwärzeste Tag meines Lebens.

Meine Gedanken überschlugen sich.

Ein Telegramm an den ältesten Sohn und den Grafen.

Aber damit leitete ich auch mein eigenes Ende hier ein,

war mir klar.

Doch ich werde mich gewiss nicht mit der so heuchlerisch,

trauernden Verwandtschaft, welche nicht die Meine ist

und die sich nahezu drei Jahre um den Alten liebenswerten

Verstorbenen, einen Dreck geschert hatte, an einen Tisch

setzen, um Spott und Häme entgegenzunehmen

und wie sie geheuchelte Trauer zu mimen.

Denn meine Trauer war echt.

Auch war mir klar, dass der Graf, dem die Villa,

in der ich lebte, gehörte, mich umgehend des Hauses

verweisen würde.

So blieb mir nur, mein Bündel zu packen, bevor der Stein
ins Rollen gebracht war.

Jetzt sofort werde ich packen.

Morgen in aller Frühe werde ich die Trauerbotschaften
schreiben und versenden und dann?

.

„Ade mein Leben um 1842."

Die Tür fiel hinter mir ins Schloss.

Ein letztes Mal ging ich durch den Garten.

Auf die Postkutsche brauchte ich nicht lange warten,
um die Telegramme abzusenden.

Nun hatte ich meine Pflicht erfüllt.

Unschlüssig verweilte ich noch einen Moment

vor dem stillen Haus, bevor ich entschlossen

den Weg zur der Höhle – dem Zeitkanal einschlug.

Aber wofür sollte ich mich entscheiden, für die

Vergangenheit – der Zeit meiner Kindheit und Jugend?

 Oder für die
Zukunft?
Grübelte ich,
als ich den
Hang
erklomm.

Robby der Zeitenlenker, den ich so lange schon kannte, wie mir im Laufe der Jahre bewusst wurde, schien unbeeindruckt von meinem Erscheinen. Wie sollte ein Roboter auch seine Gefühle ausdrücken.

Die Vermischung – also die Verschmelzung damals vor drei Jahren – meiner Person wohl etwa Mitte 50 und meiner jugendlichen Ausgabe – die von alt und jung aufeinander trafen, hatte zwar im Hirn und Transparenz zu einer einzigen Person, jedoch zu einem chaotischen Wirrwarr, im Kopf geführt. Von erlebten Orten, Gelesenen und Gehörtem, war damals nicht viel übrig geblieben,

als ein verwirrendes Durcheinander.
Ich erinnerte mich nicht an Zeitabfolgen,
alles war damals vermischt und verschwommen.
Doch im Laufe der Jahre gelang es mir, vieles zu ordnen
und die Erinnerungsfetzen zusammen zu setzen,
die jedoch noch immer kein klares Bild ergaben.
Dennoch wusste ich jetzt vieles mehr.

Kapitel 7 Der Fahrstuhl in die Zukunft

Robby der Zeitenlenker saß stumm vor seinem Schaltpult
und wartete, wie jeder brave Roboter - auf meine Ansage.
„Ach Robby, ich weis selbst nicht wohin ich soll.
So bring mich doch einfach dorthin, woher ich gekommen
bin – damals.
Ich will nur fort von hier, diese Zeit hat mir kein Glück
gebracht," beklagte ich.
Doch Robby rührte sich nicht.
Seine Kulleraugen sahen mich nur mitleidig an,
wie es mir schien, denn er erwartete einen klaren Befehl.
Da ich ja wusste – aus zwei verschiedenen Körpern
und Zeiten gekommen zu sein und sodann zu einer Person
verschmolzen bin.
So musste ich mich nun für eine bestimmte Zeit
entscheiden. Mein Geschwafel kümmerte Robby nicht.
„Ach, so bring mich in die Zukunft, dieses rückständige
Leben hier, langweilt mich auf die Dauer - du weißt schon
welche Zeit!"
Plötzlich verlangte es mich nach der fortschrittlichen Zeit,
nach Autos, Motorrädern, geteerten Straßen,
Supermärkten, in denen ich alles begehrte erwerben
konnte.
Menschen in Jeans – Männer, Frauen und Jugendliche
frei und selbstbewusst.

Straßencafés, Gewerbe aller Art und besonders
nach Gesichtern, die ich kannte, die mich freudig
begrüßten.
„Also nun los, auf in die Zukunft und lass dir nicht einfallen,
mich wieder in der Steinzeit aus zusetzen."
Ich bin ja so ausgehungert und neugierig was mich
dort erwartet, dachte ich, arglos.

Graue Wolken türmten sich unter dem Himmel.
Es roch nach Schnee.
Noch wiegten sich Ambrosia, der verblühte,
hier seltene Enzian, den ich auf heimlichen Gängen
entdeckt hatte und die reifen Gräser in Sonne und Wind,
um ihre Samen für das folgende Frühjahr zu verstreuen.
Oh – je, wenn ich mit meinen feinen dünnen Trittchen
in eine frostige Winterlandschaft, mit meterhohem Schnee
gerate, dachte ich besorgt.
Das Tor schloss sich knarrend.
Ich fühlte mich einen Moment wie in einem Fahrstuhl
in den Himmel.
Die vollständige Dunkelheit machte mich Bange.
Es ratterte und brummte – bis das Tor sich wieder öffnete.

.

Eilig ging ich dem lockenden Sonnenschein entgegen.
Doch was ich jetzt sah, erschütterte mich zutiefst.

Mir schien, als betrat ich das Ende der Welt – das Ende
der Zeit.
Unter mir gewarte ich unzählige Ruinen.
Wüste Gesteinsbrocken säumten das Gebiet.
Die großen Tannen und Fichten, die vom Weg
bis hoch in die Berge ragten, gab es nicht mehr
und dennoch war es die gleiche Gegend.
Mir schien als betrete ich eine andere Welt
und nicht das Gebiet, welches ich erst vor wenigen
Minuten durchschritten hatte.
Nur wilder Jungwuchs wie Ahorn, Eschen
und junge Buchen, gestalteten das Bild vor meinen Augen
und gleichfalls im Tal.
Auch dort schien nur junges halbwüchsiges Gehölz,
vermutlich größtenteils Obstbäume.
Ebenso fehlte das gewisse Haus – die reizende Villa,
an deren statt sich ein scheinbarer Luxusbau,
wie eine vergessene Festung – wie ein Geisterhaus befand.
Eine Bauruine, zeitlos – leblos

.

.

Oh mein Gott,
jetzt sah ich das ganze Ausmaß der Ruinen, völlig zerstörter
Gebäude.

.

.wie nach einem Bombenangriff.

Doch dahinter erschienen auch neuerbaute,
primitive Häuschen, zwischen denen es von Menschen
wimmelte.

Ein mir wohlbekannter Typ, weis Gott woher ich ihn
kannte, löste sich aus der Menge, als er mich sah.

Ungläubig starrte er mich an und kam mir
mit langen Schritten entgegen.

Seine Augen weiteten sich, als hätte plötzlich eine Bombe
eingeschlagen oder ein Blitz mich auf die Erde
geschleudert.

Ein jäher Adrenalin Schub erhitzte ihn.

Oh Mann, welch ein göttliches Wesen, göttlicher als Carla,

die er nie vergessen hatte.

Bezaubernd, faszinierend das Herz ergreifend,
doch hilflos beschützenswert, halb Kind halb Frau
und dennoch schon ein Vollweib, sündig
und scheu zugleich.

Wie eine junge Ausgabe von Carla, paradoxerweise
durch einen Irrtum oder vorsätzlich, hinterhältigen
Kapriolen Robbys, in eine falsche Zeit ausgesetzt.

Ihm war längst klar, dass dieses betörende Wesen
nur Carla sein konnte.

Und immer wieder ist es Carla, die in meine Kreise dringt,
meine Sinne berauscht und mein Herz in Ketten legt.

Obgleich er sich als Frauenkenner sah,
auch schon damals vor 800 Jahren, als er sich unsterblich
in sie verliebt hatte.

„Ach ja, was mir so alles einfällt zu ihr," seufzte er,
was mir auf der Zunge brennt und mich dumme Dinge
aussprechen lässt, die mich zum Clown machen.

Aber sie hat schon damals den Poeten_in mir geweckt,
mich schon immer ins Schwärmen gebracht
und abheben lassen, mit Schmeichelworten,
die ich längst vergessen glaubte und übertriebene
Albernheiten sagen.

Doch sie hob nie ab, schüttelte nur nachdenklich,
mal unwillig den Kopf und holte mich so manches Mal
auf den Boden zurück.

So schwebte sie in wehenden Röcken, einem Engel gleich
vom Berge.
Mein Gott so jung und mädchenhaft, ja kindlich ergreifend
hatte er sie nie gesehen.
Doch in ihren Augen spiegelte sich auch ein wenig Furcht
und Ungewissheit.
Ich habe bald die Vermutung: Sie ist wieder neugeboren.
Das jedoch kann nicht sein, denn es sind ja gerade mal
drei Jahre vergangen, seit sie mich als etwa fünfzigjährige
verlassen hat.
Nun durfte er ihr nichts falsches sagen und seine Worte
wohl überlegt abwägen, um sie nicht zu verschrecken.
Ein bisschen verlegen sahen sie sich an,
als sie sich nun gegenüber standen.
„Oh du kommst sicher aus einer anderen Zeit,
sicher hast du eine andere Zeit erwartet und weist jetzt
nicht so recht wohin, liebste Carla.
Komm nur, ich werde dir Obdach bieten.
Mir kannst du vertrauen. Ich werde stets dein Diener
und Beschützer sein," bekräftigte er.
Worauf ich sinnend antwortete: "Es ist kaum zu glauben,
aber ich habe das Gefühl, hier schon einmal gelandet
und hier gelebt zu haben.
Damals war es hier noch ein wenig anders.
Eine zerstörte Welt - wie am Ende und wiederrum
am Anfang der Zeit.

Was war geschehen und wie konnte das sein?"
„Nun ja, die Welt war in der Tat zerstört,
es bedurfte vieler Mühen, Arbeit und Überlegung,
die zerstörte Welt wieder aufzubauen und somit
aus dem Horrorszenarium, einen Neuanfang zu beginnen.
Auch du warst damals dabei, doch du hattest nichts
arges auszustehen.
Während das gemeine Volk sich mühte, einen neuen
Lebensraum zu schaffen.
Sieh nur, wie mittlerweile alles gediehen ist und blüht.
Nun ja, nicht jetzt zum Winterbeginn.
Inzwischen haben wir eine Schule, Kaufladen,
Schuhmacher, Schmiede und ein Museum und schau nur,
unser Palast, den ich einzig für uns allein gebaut habe.
So komm nur, du wirst staunen.
Allerdings war er drei Jahre nicht bewohnt.
Ich wollte nicht allein darin leben.
Dort im Tal am Berge steht unser Schlösschen.
Darin lebten wir fast 25 Jahre zusammen," fügte er
mit heftigem Nicken, bekräftigend hinzu.
Denn im Moment erschien es ihm selber recht
unglaubwürdig.
Ich glaubte mich verhört zu haben.
25 Jahre mit ihm zusammen, womöglich als Ehepaar?
Ungeheuerlich diese Vorstellung – mit diesem Dandy,
diesem perfekten Super – Strahlemann, der wie ein

Filmstar aus einer Hollywood – Schnulze gestiegen
zu sein schien.
Dieser Blender wollte in mühseliger, Quälerei,
durch seiner Hände Arbeit, ein ganzes Imperium aufgebaut
und geschaffen haben?
Ich starrte ihn nur an – musste erst einordnen,
was er mir offenbarte.
Ich konnte zunächst nichts sagen, war wie gelähmt.
Zu viel stürzte auf mich ein.
Sein Blick saugte sich an mir fest. Ein Blick,
den nur er aussenden konnte, ich spürte ihn körperlich.
„Ach, es ist zum Verzweifeln. Ich erinnere mich zwar,
dich zu kennen, dennoch ist alles wie in einem Film.
Noch eher ist mir, als wenn ich all das nur geträumt hätte,"
murmelte ich, verstört.
„Denn ich komme aus einer recht frühen Zeit am Anfang
von 18 Hundert.

So waren es ja nicht nur die läppischen drei Jahre,
die mein Hirn vernebelten und alles durcheinander
wirbelten.
Viel mehr war es die unendlich lange Zeit meiner Irrfahrten
dazwischen – mehrere Jahrhunderte – von der Urzeit
bis ans Ende der Zeit. Versuchte ich den Wirrwarr
in meinem Hirn zu rechtfertigen.

Glücklicherweise konnte ich mich an die letzten drei Jahre
klar erinnern.
So konnte ich wenigstens etwas zu meiner Vergangenheit
aufdecken und zu Sprache bringen.
So wiederholte ich: „Also ich komme direkt aus dem Jahr
1842. Mein Großväterchen, bei dem ich lebte,
ist plötzlich verstorben.
Ich war nun über Nacht allein und wusste nicht wohin,
denn das Haus ging nach seinem Ableben an den
rechtmäßigen Besitzer, dem Grafen über
und ich war heimatlos.
So wendete ich mich an Robby.
Eigentlich wollte ich in das Jahr 1960. Ich wollte den
Fortschritt der modernen Zeit erleben.
Doch der hinterhältige Zeitenlenker, trieb bisweilen sein
Spiel mit mir.
Seine Art von Rache – Dampf abzulassen,
um ein nicht eingelöstes Versprechen."
„So warst du ihm also noch nicht begegnet,
denn dann wärst du bei ihm geblieben.
Du bist also lieber zu mir zurück gekommen?" fragte er,
hoffnungsvoll.
„Wen meinst du mit IHM?"
Nun, deinen Galan – deinen einzigen Liebsten,
den du mir stets – vorgezogen und immer wieder vorziehen
wirst, dachte er bei sich.

Doch er sagte: "Nun ja, deinen Herzbuben oder hattest du etwa schon einen Geliebten, in deiner erblühenden Jugend?"

„Nun ich will ehrlich zugeben, da gab es eine unglückliche Romanze, nichtig und einseitig – eine einzige Enttäuschung und letztlich das Ende."

Wenn das der Grafensohn – der Junge Doktor, der Günter war, so ist ja alles für mich glücklich überstanden und der Weg ist frei für uns, der Beginn einer großen Liebe, die meinerseits schon seit Ewigkeiten besteht, dachte er.

So können endlich all meine Wünsche und Sehnsüchte in Erfüllung gehen.

Wenn ich es geschickt und mit viel Geduld und Einfüllungsvermögen beginne, überlegte er weiter, doch er sagte: „Ach du arme Kleine, du braust jetzt erst einmal Ruhe und Geborgenheit – eine behagliche Unterkunft, in der du dich gemütlich einrichten und all deinen Kummer vergessen kannst.

So komm mein Herzchen, komm in mein großes Haus, in dem du alles, was du begehrst, findest – um es wieder mit Leben zu füllen.

Zögere nicht länger, denn etwas Besseres wirst du hier nicht finden."

Ich zögerte nicht lange und folgte ihm neugierig.

Doch solch einen Palast hatte ich nicht erwartet,

als er mir meine Räume präsentierte.
Ich staunte mit offenem Mund.
„Das ist alles für mich?"
„Ja wie du siehst, lässt es keine Wünsche offen, oder?
Aber meine Zimmer befinden sich auf der anderen Seite.
Ich werde dich also nicht weiter belästigen,"
fügte er hinzu.
Doch er blieb noch einen Moment, um meine Reaktion
darauf, aus den Augenwinkeln, schmunzelnd zu
beobachten.
Während ich nachdenklich meinen Beutel abstellte
und Einzug hielt.
Wobei meine spärliche Garderobe sich in den vielen
Schränken verlor.
Wow – besser hätte ich es nicht treffen können,
beruhigte ich meine anfänglichen Zweifel.
Er las wohl meine Gedanken, denn ich glaubte
ein belustigtes Schmunzeln über sein Gesicht,
huschen zu sehen.
Aber ist das nicht des Guten zu viel?

Doch mit jedem folgenden Tag, kamen mir die Räume
vertrauter und heimischer vor.
Bis ich sicher war, hier schon einmal gelebt zu haben.

Wenn sie wüsste, dass noch fast ihre gesamte Garderobe
in den verschlossenen Kammern nebenan,
von damals noch lagerten.
Vielseitige Kleidungsstücke, modern – edel und andere
dieser Zeit entsprechend – nein eher der Epochen,
welcher sein Volk entstammte, also dem Mittelalter
gemäß.
Nun, wie ich Carla kenne, wird sie die Kleidungsstücke,
schon bald selber finden und Fragen stellen.
Soll sie fragen so viel sie mag.
Das erleichterte uns den Beginn und möglicherweise
ein neues Aufflammen unserer neuen – alten Beziehung.

Für den Anfang bin ich gut untergebracht, überlegte ich
und begrub meine anfänglichen Skrupel.
Doch es ist alles des Guten zu viel.
Alles ist so ungewohnt groß. Hier werden wir uns gewiss
nicht oft über den Weg laufen.
Obgleich wir in demselben Haus wohnten.
Schade eigentlich - ich hatte noch so viele Fragen an ihm.
Zu dem brauchte ich doch eine Vertrauensperson,
ganz einfach, um Gedanken auszutauschen
und alles gewesene zu erfahren.
Aber hatte ich hier nicht auch noch flüchtige
Freundschaften?

Nun Ja, wohl keine echten Freunde, eher heuchlerische
Schmeichler – Arschkriecher und Speichellecker,
die nur auf ihren Vorteil bedacht waren.

Justin hingegen hatte Schmeicheleien nicht nötig,
außer wenn sein Adrenalinschub - ihn abheben ließ.
Meine Güte, was für ein toller Kerl,
welch ein beeindruckendes Mannsbild dieser Justin,
ein Typ wie ein Filmstar.
Sicher sind alle Weiber in ihn verknallt und hinter ihm her.
Was sollte er da noch mit mir?
Denn zu mir, gesellte er sich nur zu den Mahlzeiten,
die im großen Speisesaal eingenommen wurden.
Dort sprach er nur das nötigste mit mir und ließ mich bald
wieder allein.
Ich werde hier sehr einsam sein, wenn ich nichts dagegen
unternehme, dachte ich, frustriert, nachdem er mich
alleine ließ, mit der Begründung: „Meine Zeit ist knapp,
ich habe noch sehr viel zu erledigen."
So war er hier wohl der Ober - Boss, um nicht zu sagen,
der liebe Gott.
Wie ich bisher feststellen konnte, ist er hier so etwas
wie der Indianer Häuptling.
Nun ich werde gewiss nicht vor Einsamkeit vergehen.
Es gibt so viel zu entdecken.

Schon am nächsten Tag zog es mich hinaus,
zunächst nur in den Obstgarten.
Doch mit jedem Tag zog es mich weiter.
So spazierte ich bald neugierig in das Dorf – wo ich zu
meinem Erstaunen, wie eine alte Bekannte,
überschwänglich begrüßt und herzlich umarmt wurde.
Doch mir entging nicht das Getuschel, wenn sie ihre Köpfe
zusammen steckten.
„Ist das nicht die Tochter der holden schönen
Dame - der Gattin unseres Herrn Justin, welche er einst
vergraulte und die ihn schließlich verlassen hat?"
„Ja, das haben wir auch gedacht," sagten die anderen.
Worauf ich entschieden antwortete: „Oh nein,
ich bin keiner Mutter Tochter, nicht die der Dame Carla
und schon gar nicht eine Tochter des großen Herrn Justin.
Ich komme ganz einfach aus dem Märchenland,
witzelte ich lachend, um keine Spekulationen
und unsinniges Geschwätz der Unzucht
aufkommen zu lassen.

Justin gleichwohl, war mehr als nur eine Randfigur
im Spiel meines Lebens für mich.
Unterschied er sich doch extrem von allen anderen,
durch seinen geistigen Intellekt, Charm,

vollendeten Manieren und Umgangsformen.

Was unter den rückständigen Bürgern des Mittelalters
entstammend, oft neidischen Spott und Unverständnis
hervor rief und ihn umso mehr, als einen Übermenschen
sehen ließ – als eine Art Halbgott.

Er war es, der ihre Großeltern und Urgroßeltern einst
aus früheren Jahrhunderten – dem Mittelalter geholt,
vor Krieg, Kerker, Hungersnot und somit vor großem Leid
und Verderbnis bewahrt hatte.

Was von den Alten, als eine Art Legende an die jungen
Generationen weiter gegeben, ausgeschmückt,
mehr und mehr verändert und zum Heros hochgejubelt
wurde.

Dieser Sagenheld jedoch weilte immer noch unter ihnen.
Er muss göttlich sein, wenn er unsterblich war.
So muss er göttlich oder ein Zauberer sein.

Nun war die neue Version, dass auch er dem Märchenland
entstiegen.

Ich kicherte albern in mich hinein.

Justin der mir stets heimlich auf Abstand folgte und meine
spaßigen Sprüche gehört hatte, sagte darauf versonnen:
„Ja wahrhaftig, sie erscheint wie aus dem Zauberland,
denn wo sie lacht, geht die Sonne auf."

Er wartete noch immer in Zurückhaltung darauf,
ihr endlich seine überschäumende Liebe zu gestehen.
Denn es war keine Gleichgültigkeit oder Gefühlskälte

von ihm, eher eine raffinierte Taktik,
so sehr seine Zurückhaltung ihn auch quälte.
Ich muss sie vorerst ein wenig zappeln lassen,
diesmal - und nicht immer wieder den gleichen Fehler
machen wie vorher, ehe ich sie mit meiner
übersprudelnden Liebe erdrücke.
So soll sie vor Sehnsucht und Verlangen zu mir vergehen
und selber den ersten Schritt machen.
Doch das Warten fiel ihm so unsäglich schwer.

Auf meinen Wegen durch die Gemeinde, stieß ich immer
wieder auf eine Frau, die sich wie eine Klette an mich hing
und mir freundschaftlich versicherte: „Ach Schätzchen,
du bist mir besonders ans Herz gewachsen,
denn die holde Dame, der du so gleichst wie ihr Spiegelbild,
war meine liebste Freundin und Vertraute."
Doch als ich sie einen Tag darauf mit Justin posieren sah,
da war es mit mir geschehen.
„Das geht nicht – das kann ich nicht dulden, der Justin
gehört zu mir.
So unterlass in Zukunft deine lächerliche Anmache,
du giftige Schlange!"
Worauf Justin schulterzuckend äußerte: „Wenn sie das
sagt, dann ist das so."
Damit läutete ich unsere fragwürdige Verbindung ein...

Den Neubeginn einer romantischen Beziehung.
Auf die Justin so lange schon gewartet hatte – die dann
später in eine wilde erotische Liebelei überging.
Mit Höhen und Tiefen. Eine ewige Berg und Talfahrt.

Im Haus wirtschafteten zwei Frauen, um nicht zu sagen,
Dienerinnen, wie sie sich selbst bezeichneten.
Mein Reich allein war die Küche, darin duldete
ich keine der Zugehfrauen, was Justin sehr gefiel.

Er sah es gar nicht gern, wenn ich mich ohne ihn
unter das Volk mischte.
Vorzugsweise bei dörflichen Veranstaltungen wie,
Speerwerfen, Wettlaufen, Kindervorführungen
oder Theaterspielen auf dem Marktplatz.
Es dauerte nicht lange, bis sich eine Menschentraube
um mich bildete, als wäre ich einer der Schausteller,
obwohl ich meist nicht mehr als mit einen Lächeln
auf ihre vielfältigen, oft lästigen kompromittierenden
Fragen antwortete.
So war ich froh und erleichtert, wenn mich Justin
aus der Menge befreite.

Ein glimmendes Feuer ist schnell entfacht,
doch mein Feuer sprühte nur Funken, zurück blieb

nur warmer Dampf, doch keineswegs die große Liebe, falls es das jemals bei mir war.

Kapitel 8 Das Traumschloss

Inzwischen kannte ich jeden Busch und Stein in unserem Gelände.

Schon lange drängte es mich, den See hinter dem Schlösschen, das Schloss selbst – das Schloss, das einst auch ein Teil meines schicksalhaften Lebens und eng mit mir verbunden war, aufzusuchen.

Das einstige zauberhafte Märchenschloss, welches vermutlich nur noch aus einem Geröllhaufen bestand, was auch immer von ihm übrig geblieben ist.

Keinesfalls kann es gänzlich verschwunden sein.

Ebenso wie der traumhafte See, wenn er auch nach den vielen Dürrejahren ausgetrocknet sein mag, so würde er doch Zeugnis seines Ausmaßes hinterlassen haben, am Ende der Zeit, auf diesem Stern.

Einer Zeit - die wir überlistet und künstlich ins Leben zurück geschaffen hatten und am Leben hielten.

Unseren so einmaligen Planeten, der exakt im genauen Abstand von der Sonne, unserem Lebensmaß, sowie von dem erforderlichen Gasluftgemisch umgeben war.

So dass sich vielseitiges Leben entwickeln konnte.

Ein Wunder. Wie viele solcher Wunderplaneten es wohl im endlosen Raum, einem unvorstellbaren Raum

ohne Anfang und Ende wohl geben mag?
Naiv zu denken, dass wir die Einzigen sind.
Doch sind wir so winzig und unser Leben so kurz,
wie ein Wimpernschlag im Verhältnis zur Ewigkeit
des Universums, wo die Spezies Mensch nur ein kurzes
Gastspiel gibt.

Wie gerne würde ich den See und wenn möglich
auch die Überreste des Schlosses noch einmal
wiedersehen.
Ein Relikt aus meinem vorigen Leben
Ich wusste noch genau, dass es einen halben Tagesritt
mit meiner sensiblen Stute dauern würde.
Das aber würde einen ganzen Tag bedeuten.
Justin schüttelte unwillig den Kopf, wenn ich
um seine Begleitung bat, als hätte er etwas zu verbergen.

Oft stand ich und sah in die Ferne – der Richtung,
in der ich den See wusste.
Plötzlich fiel mir das nagelneue Motorrad im Kellergewölbe
wieder ein.
Oh Mann, wie herrlich und bequem wäre es mit dem
Feuerstuhl, rasend die Strecke in kurzer Zeit,
zurücklegen zu können.
Nun ja, es war sicher keine Rennstrecke, gelegentlich
müsste ich Steinsbrocken und Geröll umfahren.

Morgen wollte ich in den unterirdischen Gewölben
nachsehen und wenn mich meine Erinnerung nicht täuscht,
auch finden, was ich begehrte.

Ich könnte ungestört stöbern und fahren, wenn Justin
nachmittags bei den Einweihungsfestlichkeiten
im neugebauten Spital, des Nachbarortes seine
langweiligen Reden hält und nun ja, was dann auch kräftig
begossen wird.

Oh, wie ich mich auf diesen außergewöhnlichen Trip
und Ausbruch aus der tristen Eintönigkeit
des Siedlerlebens freute.

Nun ja, die Dörfler würden fürchterlich erschrecken
und mich womöglich für eine Teufelsbrut oder Hexe halten.
Aber nein – ich werde ja eine Lederkluft und Helm tragen,
so dass mich niemand erkennt.

Kapitel 9 Der große Regen

Doch es sollte alles ganz anders kommen. Denn es begann
zu regnen.
Es regnete den nächsten und übernächsten Tag
ohne Unterlass. Es schüttete Tage – Wochenlang
in Strömen.
Der Bach, der Jahrelang nur ein klägliches Rinnsal führte,
hatte sich indessen randvoll gefüllt und drohte gleich
einem reißenden Strom über die Ufer zu schwappen.
Unglaubliche Wassermassen – Sturzfluten, die zu Bächen
wurden, schossen wie Wasserfälle die Berge hinab,

rissen ganze Hänge mit sich. Erdrutsche,
die zu Geröllawinen wurden, donnerten ins Tal.

Die Sonne war noch nicht aufgegangen und würde sich
auch heute nicht mehr blicken lassen.

Dennoch quälte sich das erste Tageslicht durch die Wolken.

Als uns ein fürchterliches Krachen weckte.

Ein Erdbeben oder nur ein nahes Gewitter, das nicht über die Berge abziehen kann und schauerlich - mehrfach zwischen den Felsen wiederhalte, dachte ich zunächst, arglos.

Doch als ich mich aufsetzte, sah ich erschrocken das Wasser unter der Tür herein fließen und sich schnell zu einem modrig, braunen See über die Teppiche ausbreiten.

Entsetzt schoss ich aus den warmen Daunen.

Ich schlüpfte blitzschnell in mein Kleidchen, dessen Saum schon beim ersten Schritt in die Dreckbrühe, platschte.

Justins Kopfkissen war leer.

Verdammt noch mal... Er wird doch nicht so früh schon durch den Zeitkanal unterwegs sein, und nichts von der schrecklichen Katastrophe wissen?

Oh – er wusste...

Denn er zählte zu den Bedauernswerten, die von dem gewaltigen Erdrutsch verschüttet wurden.

Er hatte, wie auch einige beherzte Männer aus dem Dorf, das Unglück kommen sehen, jedoch nicht mit solchen verheerenden Ausmaßen gerechnet.

So war Justin noch einmal am späten Abend,
als ich schon schlief, aus dem Haus gegangen,
um besorgt zu den Bergen aufzublicken.
Lösten sich dort oben nicht gerade große Erdbrocken
und schoss das Regenwasser nicht viel schneller
als zuvor ins Tal?
Ein aufgeregtes Stimmengewirr, nötigte ihn
zur Seite zu blicken.
Auf der überschwemmten Dorfstraße sah er mehrere
Männer laut lamentierend in seine Richtung stapfen.
„Ach da ist er ja selbst, was meint er, ist das nicht höchst
besorgniserregend? Was können wir gegen solche
Naturgewalten ausrichten Herr?"
„Oh, ihr sorgt euch wie ich.
Ja sicher werden wir etwas unternehmen!
So hole jeder von euch Schaufel oder einen Spaten,
wir werden einen Graben schaufeln, der in Richtung
der Höllenschlucht, wie ihr sie nennt, dass viele Wasser
ablenken und abfließen lassen sollte.
Mobilisiert eure Söhne und Schwiegersöhne, ehe eine
Katastrophe geschiet.
Freilich dachten sie dabei nur an eine Überschwemmung.
Schweigend und schwitzend im strömenden Regen,
schufteten sie verbissen ohne Pause, sonst hätten sie längst
das Unheil kommen sehen, als sich die Hölle auftat
und etliche der Männer verschlang...

Sie waren verschüttet, einfach vom Erdboden
verschlungen.
Das Geschrei danach war unvorstellbar.
Fünf Ehefrauen hatten ihre Männer und doppelt so viele
ihren Sohn und Liebsten verloren.
Wie zum Hohn, lachte in dieser furchtbaren Stunde
die Sonne durch die Wolken, als wollte sie sich über
das Unheil lustig machen.
Die Wolken zogen weiter der Regen versiegte.
Doch hinterließ er ein schreckliches Begräbnis.
„Auch ich wäre beinahe in den erschütternden Klagegesang
mit eingefallen, als ich einen Erdhügel sich bewegen sah.
Als erstes erblickte ich eine Schaufel, danach das erdige,
schlamm beschmierte Gesicht eines Mannes.
Ist das nicht Justin?
Justin hatte mal wieder einen Schutzengel!
Doch der Schutzengel war diesmal wie schon so oft,
nicht der kleine clevere Kobold hoch oben im Berge.

Das Geschehene war erschütternd,
die Trauer unermesslich.
Der Friedhof wurde über Nacht um etliches größer.
Sechs junge Witwen mit Kindern und drei Bräute
in Hochzeitsvorbereitungen, verloren ihre Liebsten.
Eine riesige Tafel neben dem Kirchhofs Tor, kommentierte

die Heldentaten der Verstorbenen und die grausame
Katastrophe.

Oft sah man jetzt Frauen ihre Äcker pflügen und die Saat
einbringen.
„Das Leben geht weiter, auch ohne Mann,"
leierten die jungen Witwen achselzuckend,
auf meine mitleidigen Blicke. Doch ich sah sie verstohlen
auf Justin schielen.
Justin half, wo er konnte, um den fehlenden Mann
zu ersetzen. Doch nicht etwa im Schlafgemach?
Angesichts des Zeitmangels der Mütter,
die nicht selten 4 kleine Kids zu versorgen hatten,
bot ich meine Hilfe an – die Kleinen zu versorgen.
So entstand der erste Kindergarten in unserer geräumigen
Sommerlaube.
Es bedurfte vieler Jahre, diese Narben bei Mensch
und Natur wieder oberflächlich zu schließen.
Der Männermangel machte der Gemeinde schwer
zu schaffen.
Erst eine neue Generation würde das natürliche
Gleichgewicht wieder herstellen.

Kapitel 10 Besuch aus dem All

Die ersten Sonnenstrahlen trafen die Erde, als ich aus
wirren Träumen erwachte.
Ein unerklärliches Zischen in der Luft, als wenn ein heißer
Wasserstrahl aus offenen Düsen auf kaltes Wasser schießt,
welches zu einem ohrenbetäubenden Dröhnen erwuchs.
Der ungeheure Luftdruck ließ die Fensterscheiben bersten.
Ein utopisches Flugobjekt ...

.

wie ein riesiges Ufo – ein Raumschiff, schoss donnernd am
Haus vorbei und fegte ganze Dächer von den Häusern
im Ort.
„Ein Raumschiff hier – aber wieso?" stammelte ich
verständnislos, angst - bebend.

Justin schoss wie ein Pfeil aus dem Bett und stürzte ans
Fenster.
„Was um Himmels Willen?" ... brachte er heiser hervor,
die Stimme versagte ihm.
Mit zitternden Fingern fuhr er sich fahrig durch das Haar.
Der Verstand schien einen Moment ausgesetzt zu haben.
So blickte er blöde dem Kondensstreifen nach,
welche das Flugzeug unter den Wolken
hinterlassen hatte.
Sie würden sich bald auflösen, doch die drohende Gefahr
aus dem All blieb greifbar.
Wer treibt sich jetzt noch im All herum?
Wer ist so viele Jahre in der Galaxie unterwegs?"
dachte er oder sagte er es.

Kapitel 11 Auferstehung der Götter

Von der dritten Weltraumstation, tief im All,
am Rande des Sonnensystems, hatten sich die letzten
Raumfahrer auf den Weg zur heimischen Erde aufgemacht.
Nachdem sie viele Jahre vergeblich auf Ablösung gewartet,
hatten sie sich schließlich, ohne Befehl
von oben erhalten zu haben – selbst auf den Rückweg
begeben, für welchen sie beinahe 50 Jahre benötigten.
Im Raum jedoch, zählen unsere Erdenjahre nicht.
Eher, existiert beinahe eine Zeitlosigkeit.
.

Verwundert registrierten sie, dass sie die zweite
Raumstation, sowie den Weltraumbahnhof - verlassen
vorfanden.
Auch hatten sie schon lange keine Funksignale
vom Kontrollturm der Basisstation mehr empfangen,
was sie sehr beunruhigte.
.

Als sie sich endlich der Erde näherten, fanden sie nur,
statt der üppig blühenden Erde, einen toten,
kahlen Planeten vor.
Da muss etwas Schreckliches geschehen sein.
Womöglich gibt es die Erde nicht mehr - so wie wir
sie kannten und keine Menschen mehr.
Mutmaßten sie erschüttert und zutiefst beunruhigt.

Doch Justins eigene Raumgondel, die schon über ein halbes
Jahrhundert hinter dem Berg, vor sich hin rostete,
hatte seinen Verbleib auf der Erde verraten.
So richtete sich ihr Groll allein auf ihn,
dem sagenumwobenen Helden, der als unsterblich galt.
Justin, der sich damals als Einziger bereitgefunden hatte,
die ferne, neu entdeckte Supernova zu erkunden.
Doch keiner erfuhr je, was daraus geworden war...
So glaubte man, er jage noch immer
durch die Unendlichkeit des Universums,
oder er lebe gar auf diesem neuentdeckten Planeten.

Nun jedoch hatten sie ihn bei einem Flug über die zerstörte
Erde ausfindig gemacht.
Als sie fassungslos die totale Zerstörung ihres
Heimatplaneten registrierten, bemerkten sie eine
Ansammlung neuer Häuser und bebaute Felder,
wobei ihnen ein pompöser Bau besonders ins Auge stach.
Dort lebte er also – hat es sich gemütlich gemacht
und uns darüber vergessen.
So sollten wir dort oben verrotten.
„Seht euch die fetten Schweine und Rinder da unten
im Pferch an.
Während der sich die saftigen Braten reingeschoben hat,
durften wir uns nur eine Aromapille einwerfen,
um nicht zu verhungern," hetzte einer der Ausgestoßenen,
die anderen auf.

Doch auch dieser künstliche Nahrungsersatz,
neigte sich dem Ende zu.
Nach den vielen Jahren der lebenserhaltenen Pillenkost,
die im Magen aufquillt und für ein paar Stunden das Gefühl
vermittelt, halbwegs gesättigt zu sein.
Doch das ewige Magenknurren – das ewige Verlangen
nach Essbarem, war ihr ständiger Begleiter.
Doch das war nur ein erbärmlicher Ersatz, eine Kapsel
als Speise.
„Während der hier das Leben genießt und es sich wohl
ergehen lässt," stachelte einer der vier die anderen auf.
Ihre Wut und der Drang nach Rache, um die verlorenen
Jahre ihrer vertanen Jugend war fürchterlich,
als sie auf der Erde, Justins Raumschiff entdeckten.
„Also muss er nach dem großen Crash hier gestrandet sein
und führt seitdem ein beschauliches Leben in Fülle mit
Weibern und trallala.
Uns aber ließ er dort oben in der düsteren Galaxie
verkümmern."

In ihrem unbändigen Groll planten sie eine Entführung,
um ihn in ihrem ehemaligen Gefängnis auszusetzen
und seinen Besitz nun selbst zu übernehmen.
Denn sie waren ja heimatlos.

Ihre Verwandten und Freunde waren lange,
solange schon gestorben.

Das donnernde Flugobjekt, verklang in der Ferne,
doch Justin wusste instinktiv, sie würden wieder kommen,
womöglich noch heute.
Wenn ihm im Moment auch nicht klar war, warum sie es
auf ihn abgesehen hatten.
„Oh je, wir müssen schleunigst verschwinden,"
zischte er verstört.
Zum ersten Mal sah ich ihn panisch mit Entsetzen
im Gesicht, hilflos die Hände hebend.
„Carla, pack das Nötigste zusammen," drängte er
ungeduldig.
„Bevor es zu spät ist. Wir brauchen nur das Zeitentor
erreichen, dann sind wir in Sicherheit," fügte er hinzu.
„Aber ich verstehe nicht. Wer hat es auf dich abgesehen?"
stammelte ich verständnislos.
Minuten später schon verließen wir das Haus und liefen,
als ginge es um unser Leben.
Doch als wir fast den Hang zur Höhle erreicht hatten,
war es bereits zu spät.
Das stählerne Objekt landete wie ein Geschoss
aus dem Nichts, vor uns und versperrte uns den Weg.
Eiserne Fäuste packten Justin und zerrten ihn ohne Gnade
von mir fort.
Sie stießen mich brutal nieder.

„Sein Betthäschen bleibt hier, die werden wir später
Vernaschen, mein Gott wie geil ich auf ein Weib bin,
wann hatte ich zum letzten Mal eine richtige Frau
in den Armen?" hörte ich einen der vier äußern.
Plötzlich war ich allein, nur ein dunkler Schatten,

wie ein Riesenvogel, erhob sich über mir und verschwand.
Nur eine stinkende Abgaswolke war geblieben,
nach dem unglaublichen Geschehen,
welches sich in Minutenschnelle abgespielt hatte.
Der Schock lähmte mich, denn anstatt nun in die Höhle
zu flüchten, lief ich ins Dorf zurück.
Dort fand ich die Bewohner völlig verstört,
in heller Aufregung.
„Was ist passiert und was wird nun mit uns geschehen,
werden sie auch uns ergreifen und verschleppen?"

„Das war der Zorn der Götter, die uns in ihrem Hass
und Neid, auf alles, was wir uns aufgebaut haben,
in ihrer Habsucht neiden und bestrafen wollen.
Denn sie besitzen keine Häuser – kein Bett noch sonst
irgendetwas Weltliches"
„Doch ich denke, euch wird nicht viel Arges geschehen.
Ihr müsst euch jedoch, an andere Herren,
die es nicht immer gut mit euch meinen, gewöhnen.
Nun, so einiges wird sich wohl ändern, denn es ist möglich,
dass sie euch um euren Besitz bringen werden,
um selbst darin zu leben.
Besonders ertragreiche Höfe, die ihr im Schweiße
eures Angesichts, mühevoll aufgebaut, um darin selbst
Einzug zu halten.
"Ach das ist halt das Recht des stärkeren und Eroberer,
dass sie sich das Recht nehmen und die attraktivsten
Weiber nehmen werden." sinnierte ich.
„Aber wir haben doch auch schöne Frauen
und wenige Beschützer seit der Katastrophe,"
warf einer beunruhigt ein.
„So kämpft mit allen Mitteln, wenn sie sich an euren
Frauen und Töchtern vergreifen und euch
von hier vertreiben wollen.
.
Sie sind so ausgehungert nach irdischem Leben,
nach dem langen entbehrungsreichen Leben im All

dort oben, dass man mit allem rechnen muss.

Aber sorgt euch nicht zu sehr.

Ich allerdings kann nicht mehr hier bleiben,

denn mich wird ihre Rache mit aller Härte treffen,

wenn sie wieder kommen, habe ich sie sagen gehört.

So werde ich nun gehen müssen.

Lebt denn wohl meine Freunde,

vielleicht werde ich euch noch einmal aufsuchen,

wenn ihre Rache sich gelegt hat."

Doch ich wusste das sie sogleich über mich herfallen

würden und mich niemals mehr gehen lassen würden

und womöglich als eine Liebessklavin halten.

Allerdings blieb mir ein steter Fluchtweg offen – die Höhle,

der Zeitkanal, kann dann nur meine Rettung sein,

die kein Fremder auch nur im Traum

als solchen halten konnte, dachte ich halbwegs beruhigt.

Ihr seid doch eine große Übermacht, auch mit wenigen

Männern und mit effektvollen Waffen, kann ich euch

aus Justins Bestand, reichlich versorgen."

Denn sie waren ja im Grund, alle Justins Vasallen,

dachte ich.

„Kommt ihr etwa auch aus dem All, ist das eure

Märchenwelt, von der ihr einst spracht und habt ihr dort

auch den großen, allmächtigen – lieben Gott gesehen?"

fragte mich ein älterer Bewohner, worauf alle gespannt

auf meine Antwort warteten.

„Ach der liebe Gott ist alt, müde und von den sündigen
Menschen überfordert.
Seine Allmacht hat nachgelassen," umging ich,
die berechtigte Frage - eines gläubigen Christen aus dem
Mittelalter.
„Und meine Märchenwelt ist das gewiss nicht.
Aber ich hab die Galaxis - weis Gott zur Genüge erlebt.
So musste ich gegen meinen Willen eine irre lange Zeit
dort oben verbringen und glaubte für immer dort
ausgesperrt zu sein.
Doch die Engel und der liebe Gott wollten mich noch nicht
und haben mich wieder herausgestoßen."
„So habt ihr also wahrhaftig den lieben Gott von Angesicht
geschaut?" ließ mein Frager nicht locker.
„Nein – nicht wirklich – eher war es der Teufel, der ja gegen
Gottes Macht, stets den Kürzeren ziehen sollte.
Sei es drum. Nun zu uns und unseren Problemen,
denn den Justin haben sie ja verschleppt,
wie ihr sicher schon wisst, weil er sie nicht schon längst
hier willkommen geheißen hatte.
Doch es war ja nicht seine Aufgabe.
Das Expertenteam, also die Wissenschaftler von der
Weltraumbasis, hätten beizeiten für eine Ablösung
sorgen müssen. Die jedoch befanden sich alle zu jener Zeit
auf dem irdischen Weltraumbahnhof und sind,
wie alle anderen der Neuzeit, umgekommen.

Wie sollte es auch anders sein.

Unser Justin jedoch ist an dem unglücklich gelaufenen Versäumnissen völlig unschuldig!" endete ich und wusste doch, dass die Dörfler kaum etwas von dem, was ich erzählte, verstanden.

.

„Sie – die letzten verbliebenen Himmelsreiter im Raum, haben Jahr um Jahr auf einen Abzugsbefehl gewartet, der niemals kommen konnte.

Aber unser Justin hat mit Sicherheit nichts und schon gar nicht die vermeintlich, Verstoßenen vergessen, zumal es ja nicht seine Aufgabe, sondern die des Stabes der Himmelswächter wäre, die jedoch zweifelsohne allesamt bei dem schrecklichen Inferno umgekommen sind.

So richtet sich automatisch ihre Rache einzig auf Justin, der anscheinend als einziger Lebender noch unter uns weilte.

Wie ruhig und gelassen ihr bei dieser ausweglosen Situation noch seid.

Wir würden eurer - statt, wahnsinnig werden und panisch ausflippen.

Doch erscheinen sie euch auch wie zornige Racheengel oder grollende Götter, so sind sie doch Menschen wie wir.

Ach, wenn ihr nur wüsstet, was ich schon alles erlebt

und unglaubliches überstehen musste.

Ich denke, dass wir nun ein paar Tage Ruhe vor den
wütigen Raumfahrern haben. So werde ich meine Zeit,
meine Angelegenheiten zu regeln nutzen.

Doch ihr sollt auf jeden Fall gerüstet sein,
für einen neuerlichen Angriff.

Denn ich weis, auch unter euch befinden sich noch junge
Recken, die sich als Kämpfer eignen.

So werde ich euch alle Waffen aus unserem Bestand
überlassen.

Die Angreifer werden staunen und bald aufgeben.

Denn Waffen besitzen sie sicher nicht.

Ich für meinen Teil, werde mich verflüchtigen.

Wenn sie zurück kommen von ihrer heimtückischen
Mission, bin ich längst verschwunden, so wie ich eines
Tages plötzlich aufgetaucht bin."

Drei Tage brauchte ich, um alles zu regeln, um für einen
eventuellen Kampf gerüstet zu sein.

Am vierten Tag wollte ich noch den restlichen Kleinkram
und später den Hausstand für die Abgabe sortieren
und für die gerechte Verteilung sorgen,
überlegte ich gerade.

Als ich ein dröhnendes Getöse, das die Luft vibrieren
und den Boden erbeben ließ, aus der Ferne hörte.

Augenblicklich ließ ich alles stehen und liegen und rannte, was die Beine hergaben.

Der Berg war nahe.

Als ich sie sah, waren sie schon direkt über mir.

Ein wahnsinniges Blinken wie Dauerblitze, wohl als besonderen Gruß für mich, blendete mich.

Ich sah tatsächlich einen der vier Kerle mit einem Fernglas, mich beobachten.

Oh – welch ein Hohn und eine trügerische Dreistigkeit, als er mir auch heftig zuwinkte. Ich hob automatisch den Kopf.

„Oh – welch ein göttliches Weib, wie lange schon hatte ich keine solche Frau mehr gesehen und dann gleich so einen köstlichen Happen."

Oh, wie sehr sie mich anmacht," würde er wohl jetzt sagen.

Denn was gesprochen wurde, konnte ich natürlich nicht hören.

Doch die geilen ausgehungerten Blicke sagten alles.

Ich wusste, in welch großer Gefahr ich mich befand.

Denn ich deutete ihre Unterhaltung etwa so: „Träum weiter Kumpel, oder glaubst du etwa du wirst auf der Stelle einen hoch bringen – wenn das überhaupt noch möglich ist, nach der langen Abstinenz," belehrte er seinen Kumpel gutmütig.

„Wir sind invaliden, selbst unser Magen ist verkümmert.

Er ist eine normale Kost nicht mehr gewohnt
und er wird rebellieren, bei all den köstlichen Braten,
nach denen wir so lechzen."
„Ach du Spielverderber, freilich ist mir klar, dass wir uns
nicht sogleich auf ein fettes Menü stürzen können.
Wir müssen ganz klein und vorsichtig in Maßen
vorzugsweise mit Haferbrei oder Säuglingskost beginnen.
Von unseren verkümmerten Muskeln ganz zu schweigen.
Oder glaubst du im Ernst, deine Manneskraft
noch zu besitzen?"
„Bah – dann sollten wir vor einer Wichsvorlage üben,
ha ha." „Ja das ist erstmal Nebensache,"
bemerkte der Vierte.

Doch ich hörte natürlich nichts von den Bedenken meiner
Peiniger, gleichsam ahnte ich von ihren Problemen
und dennoch würden sie mich nie mehr auslassen,
würden sie mich in ihre Fänge bekommen.
Gott sei Dank hatte ich indessen das Höhlentor erreicht
und winkte ihnen lachend zu.
Ich war in Sicherheit. Jetzt konnte ich mir diesen Spaß
erlauben, denn würden sie mir folgen, so gab es kein
zurück für Sie.
Robby ließ keinen Fremden je wieder frei, es sei denn,
ich befehle es ausdrücklich!
Hinter mir schloss sich das Höhlentor.
„Oh Robby, sicher weist du was inzwischen geschehen ist,

so wie du immer alles weist. So weist du auch,
wo sich Justins alte Raumgondel befindet.
Es ist ganz in der Nähe, hinter dem Berg.
So viel ich weis, ist es noch immer mit Treibstoff vollgefüllt.
Oh Robby, wenn nicht dir, wem könnte es sonst gelingen,
das alte Vehikel wieder flott zu bekommen und zu starten.
Allerdings müsste ich das Schaltmodul ausbauen,
aber ich denke, auch das wird mir gelingen,
Werkzeug gibt es ja hier zu genüge.
Während ich mich die etlichen Schrauben zu lockern
abmühte, was Robby, augenrollend, nicht ohne Unwillen
registrierte, redete ich Klartext.
Ich fürchte, sie haben Justin verschleppt und in eine
Raumkapsel ohne Schaltpult verfrachtet - welche
wie eine abgeschossene Rakete ihr Ziel anpeilt,
worin er hilflos gefangen, seinem sicheren Ende entgegen
jagt - ihn sodann dort oben hinter der dritten Raumstation
aussetzen und dort schmoren lassen,
bis sein weltliches Ende gekommen ist, bin ich mir sicher.
Wir müssen schleunigst starten, der Weg dorthin
ist ja so weit," drängte ich.
Doch Robby machte ein Handzeichen der Abwägung
und Geduld.
Was meine Ungeduld umso mehr anstachelte und mich in
Rage brachte.
„Du starrköpfiger Blechhaufen, du scheinst die kritische

Lage nicht ernst zu nehmen. So muss ich dich zwingen,"
fauchte ich zornbebend.

Sein Schaltpult hatte ich ja bereits aus der bisherigen
Verbindung abgeschraubt.

Nun musste er selbst noch gelöst werden.

„Die Schrauben sind festgerostet," fluchte ich.

Bis es mir schließlich gelang auch sie zu lösen.

Nun packte ich ihn wie ein Kleinkind, hob ihn von seinem
Sitz, drückte ihn an mich und lauschte nach draußen.

„Die Luft ist rein, vermutlich stürmen sie gerade
das Haus – unser Haus," ergänzte ich wehmütig.

Das ist für sie wie ein Märchenschloss, damit werden
sie über Stunden beschäftigt sein und mich darüber
verdrängen, hoffte ich.

Aufgeschoben ist nicht aufgehoben," murmelte ich
und wagte mich, den Roboter fest umklammernd
aus der Höhle, die nun ohne den Zeitenlenker
völlig nutzlos war.

Nur hundert Meter laufen, keuchend und prustend,
in höchster Gefahr.

Oh - wie lang können hundert Meter sein.

Ich – wir erreichten im Laufschritt ungesehen von den
Himmelsstürmern , die alte Raumgondel Justins.

Dort platzierte ich den Roboter vor das Schaltpult
und verband ihn anhand einiger Schrauben
mit der Elektronik.

Geistesgegenwärtig hatte ich die Werkzeugtasche
mit genommen, die ich unterwegs beinahe verloren hätte.
.

„Nun los, du störrischer Esel, worauf wartest du noch?
Zeig was du kannst," zischte ich ungeduldig.
Im nächsten Moment hoben wir ab.

Erst jetzt war ich mir der ungeheuerlichen Tragweite
meines fragwürdigen Unternehmens bewusst, als wir mit
viel Getöse, eine Feuerwolke hinterlassend,
in die Höhe schossen, während die Häuser und das
Weidevieh wie winzige Spielzeuge erschienen
und auch schon verschwunden waren.

Oh – je, warum muss ich mir diese irrsinnige Sternenreise
jetzt antun?
Ich muss den Verstand verloren haben, zumal Justin nicht
gerade mein Traummann war.

Aber ich kann ihn ja jetzt nicht in Stich lassen.

In rasender Fahrt jagten wir durch das All.

Das Sternenbild wechselte in erschreckender Schnelligkeit
im zeitlosen Raum.

Auch ich hatte jegliches Zeitgefühl verloren.

Fuhren wir Tage, Wochen oder gar schon Monate?

Da es keinen Tag – Nacht Rhythmus gab, der die Zeit
einteilte und maß.

In solch rasender Geschwindigkeit
hatte ich die Sternenreisen noch nie erlebt.

Ich schlief, wenn mir die Augen zu fielen und drückte
mir die breiige Astronautenkost aus der Tube,
zwischen die Lippen, wenn der Hunger mich plagte.

Dem hellen Sonnenlicht, folgte die totale Finsternis
ohne Ende.

Als Robby plötzlich zu sprechen begann, wie damals,
als wir beide durch das Universum jagten,
hörte ich ihn plötzlich reden und erschrak wie damals.

Allerdings braucht es schon den luftleeren Raum
und den Strahlungsbereich des Heimatplaneten
seiner Erschaffung – welche Energieschwingungen,
übersinnlich - wie Funkwellen, die Gedanken,
hörbar machten.

Augenblicklich fühlte ich mich nicht mehr allein.

Jetzt hatte ich einen Partner zum Gedankenaustausch.
Doch was er sagte, rief bei mir heftigen Unwillen hervor.
„Jetzt habe ich euch zum letzten Mal aus der Patsche
geholfen, ohne jegliche Gegenleistung von euch !"
„So - so, willst du mir etwa drohen?
Bilde dir nicht zu viel ein. Schließlich bist du nur ein
Blechkasten," lästerte ich, in törichter Unvernunft.
„Ich warne dich Mensch... bin ich auch ein Blechkasten,
so doch einer mit außergewöhnlichen
Gaben und Künsten.
Ohne meine Macht gäbe es dich schon 600Jahre
und den Justin schon 800 Jahre nicht mehr,"
sagte er, verdrossen.
„Ha, meine Macht über dich ist größer,
ich könnte dich jederzeit irgendwo aussetzen,
oder gar auf den Müllhaufen werfen.
Dann würdest du mit der Zeit verrosten oder verglühst
in einer Verbrennungsanlage, dann bestehst du nur noch
aus deinem Geist – deiner Seele, wie ein jeder Körperlose
Verblichene."
„Bah – damit würdest du dir nur selber schaden – ohne
Robby – kein langes Leben." konterte er.
„Meß dich nicht mit mir, du schwaches Menschengeschöpf,
treib es nicht auf die Spitze,"
warnte er mich abschließend.
Ich wusste ja, dass er am längeren Hebel saß,

würde es aber niemals zugeben. Denn ich wusste ja auch,
dass Robby immenser Zeitsprünge mächtig war,
denn wie hätte ich sonst diese unglaubliche Entfernung
ohne Not lebend überstehen können.
Robby das Phantom des Universums.
Nur gut, dass kaum ein Irdischer und kein Außerirdischer
von seiner fantastischen Gabe wusste.
Die Folgen wären nicht auszudenken.
Der Mensch - ewig nach Neuem strebend,
würde keine Ruhe mehr finden.

Dieser gewaltige Zeitsprung jedoch war unnötig.
„Aber wir sind längst zu weit – schon lange an der dritten
Weltraumstation, dem fernsten Außenposten
der Menschheit vorbei." rief ich, aufgebracht.
„Wie dumm du bist, Menschenwurm,
kannst du dir nicht vorstellen, dass wir nahezu 50 Jahre
zu früh an der gewissen Station sind?
So lange braucht es für jeden Sterblichen,
um dort hinzugelangen.
Doch da ich schonmal hier bin,
nutze ich die Gelegenheit, meinen ehemaligen
Nachbarplaneten aufzusuchen.
Denn ich hege noch immer die Hoffnung, meinen Leib,
aus dem man mich entfernt hat, gut gekühlt und perfekt

erhalten, in einem eigens dafür eingerichteten Sarkophag, aufzufinden.

Du weist ja, dass mein Heimatplanet explodierte.

Wäre es nicht möglich, dass unser Stammesfürst, in weiser Voraussicht, meine Gebeine dort zur Aufbewahrung deponiert hatte?

Ach, wie gerne hätte ich wieder einen empfindsamen, warmen, weichen Körper," seufzte er, sinnend.

„Oh nein und hundertmal nein," fuhr ich auf, außer mir vor Zorn.

„Vergiss es, ich bin nicht willens, sinnlose Jahre, das halbe Universum zu durchqueren, weil meinem Roboter plötzlich sentimentale Gefühle überkommen."

Das war gehässig und ungerecht von mir daher gesagt.

Doch ich wollte keinesfalls noch einmal kostbare Jahre im Universum ertragen müssen.

Aber warum erinnere ich mich nur so schwach an die zehrende Raumfahrerei, wie an die zerstörte Welt und die vorige Zeit mit Justin – damals.

Das muss wohl alles in einem anderen, vorigen Leben geschehen sein, folgerte ich.

„Du sprichst so abwertend von sentimentalen Gefühlen eines Roboters, aber auch ich habe eine Seele und Gefühle.

So wisse, dass meine platonische, verdrängte Liebe zu dir neu entflammt ist, in dem Moment, als du mich unlängst in deinen Armen trugst,

so dicht an deinem Herzen.
Aber dich, in deiner Herzlosigkeit, rührt das nicht,
du bemerkst so etwas gar nicht.
Wie hättest du sonst so einen Klasse - Mann,
wie den Günter, der dich über alles liebte,
verlassen können!"
„Was redest du da für einen Unsinn. Nicht ich habe ihn,
sondern er hat mich verlassen," widersprach ich,
aufgebracht. Um darauf festzustellen: „Nun ja, von deiner
aufgeflammten Liebe, hatte ich keine Ahnung.
Du hast es gut verborgen.
Zudem ist das eine Sache der Chemie," lenkte ich
zerknirscht ein und drückte ihm zur Versöhnung
einen herzhaften Schmatzer auf sein stählernes Haupt.
Nun genug der Sentimentalitäten.

„Während wir kalte Kartoffeln aufwärmten,
entfernten wir uns mit jeder Minute weiter und weiter
von unserem Punkt und weichen von unserem
eigentlichen Ziel ab.
Wir müssen auf der Stelle umkehren."
„Mir scheint, du hast es noch immer nicht begriffen,
dass wir erst auf einem Planeten landen müssen,
um das Umkehrmanöver neu starten zu können,"
belehrte er mich hitzig.
„Oh – je, wie lange soll ich mich noch gedulden?
Du hast doch nicht immer noch vor, deinen fragwürdigen

Planeten aufzusuchen?"

„Nein, nein, dein Wunsch ist mir Befehl.

Bald erreichen wir den nächsten Planeten, ich denke,
er hat genug Materie, um darauf landen zu können,
von dem mit viel Geschick und Glück, das Umkehrmanöver
möglich sein wird," gab er kleinlaut bei.

Meine Geduld wurde auf eine harte Probe gestellt.

Doch er hielt sein Wort.

Das heikle Manöver gelang problemlos und schon bald
jagten wir in umgekehrter Richtung zurück
durch das All.

„Sieh nur," sagte er nach einer gefühlten Ewigkeit.

„Schau auf den Monitor, dort blinken Lichter
unübersehbar, das kann nur Justin sein."

Das Blinken näherte und verstärkte sich unglaublich
schnell.

„Ich werde ihm jetzt einen Funkspruch senden,
doch danach kommt es einzig auf Justins vorsichtig,
bedachtes Taktieren, Erfahrung, Geistesgegenwart
und Geschicklichkeit, mit dieser prekären Situation
umzugehen an.

Bedenke auch, die Atmosphäre ist eisig kalt und äußerst
giftig, ja tödlich für einen normal sterblichen,"
erklärte Robby gestenreich, mit seinen Zangenartigen
Greiffarmen, bekräftigend. Nun folgte die schwierigste
Aufgabe, das Ankoppeln im freien Raum.

„Das ist äußerst gefährlich und kann leicht misslingen.
Eine kleine Unachtsamkeit und dein Liebster verschwindet
für immer im All."

Justin hatte schnell begriffen, sich gut gesichert,
doch wegen der gegebenen Schnelligkeit,
in der er sich bewegen musste, auf seinen schützenden,
jedoch behindernden Raumanzug, verzichtet.
Was vermutlich ein Fehler war.
Jetzt erschien er im Scheinwerferlicht.
Oh je, wie soll er so ungeschützt und verwundbar
den Ritt durch das All überstehen, wenn es auch nur
Sekunden bedarf, dachte ich, äußerst besorgt.
Auch ich hatte mich gut gesichert.
Allerdings hatte ich mich in meine dicke Daunenjacke
gezwängt, zog die Kapuze über den Kopf und schützte mein
Gesicht mit einem Schal, bevor ich die Luke öffnete.
Wie leichtsinnig von mir, die Chlorgase oder ätzenden Gift
Substanzen der unbekannten Atmosphäre,
hätten meine Haut zerfressen können, dachte ich später,
mit Entsetzen an diesen Moment zurück.

Ein eisiger Hauch des Todes strömte mir entgegen.
Mit hastigen Schwimmbewegungen kämpfte Justin gegen
den Weltraumsog an und schwebte mir,
wie in Zeitlupe entgegen – wie es mir erschien.

Eine kleine Wegspanne nur, war ihm gegeben,
bevor die Schiffsrümpfe unweigerlich aufeinander stießen,
sich womöglich gegenseitige Schäden zufügten,
um sich hernach in gegensätzlicher Richtung
sogleich wieder zu entfernen.
Ein heftiger Aufprall, wäre jetzt das Ende der Aktion
gewesen, doch es gab nur einen leichten Ruck
und ein knirschendes Geräusch.
Das jedoch genügte für einen gehörigen Schrecken
und um mich für einen Moment unachtsam werden
zu lassen.
Jetzt griff ich nach Justin, doch er schien mit Eis bedeckt
zu sein und entglitt meinen Fingern.
Als ich erneut nach ihm greifen wollte,
war er plötzlich verschwunden.
„Robby, öffne die Bodenluke – jetzt sofort," rief ich
in höchster Aufregung und wandte mich der Bodenluke zu.
Da sah ich ihn, bewegungslos wie Treibholz vorbei gleiten.
Ich streckte meine Arme weit aus, packte ihn mit aller Kraft
und zog ihn ins schützende Innere.
Während Robby zeitgleich durch einen Hebeldruck,
die Luke schloss.
Nun lag mein Freund leblos zu meinen Füßen.
Ich blickte entsetzt auf den Eisklumpen, als ich Robby
sagen hörte: „Mein Gott das war knapp – buh, das ist
gerade nochmal gut gegangen."

„Wie – was faselst du da, siehst du denn nicht – er ist Tod,
erstickt und erfroren," kreischte ich hysterisch.
„Ach, das ist ein zäher Kerl, sicher hat er
nur einen Kälteschock," versuchte Robby mich zu
beruhigen.
„Wärme ihn, ich werde die Heizung auf Volldampf stellen."
Ich hockte mich zu Justin und begann seine kalten Glieder
zu massieren.

Hundert Dinge gingen mir durch den Kopf,
liefen wie ein Film ab. Wie endet das Drehbuch?
Ich sah uns einen Berg erklimmen, doch ich lief nicht
neben ihm, er trug mich auf den Armen.
Ich spürte seine warmen Hände, mich liebkosen
und fühlte mich geborgen.
Ich weis nicht mehr wie lange ich verzweifelt
bei ihm hockte, als er sich zu rühren begann und die Augen
aufschlug.
„Oh liebster Justin du lebst noch, bist nicht von mir
gegangen," hauchte ich und benetzte sein Gesicht
mit hundert Küssen.
„Ah - mir ist so kalt, so entsetzlich kalt gewesen,
doch du hast mich so vortrefflich gewärmt
und wach geküsst," grinste er – ganz der alte Justin.
Er setzte sich auf und besah interessiert die Umgebung.
„So habt ihr mich also vor dem grausamen Tod
in der ewigen Dunkelheit errettet.

Ich darf weiterleben, mit dir, meiner einzigen Liebe,"
fügte er, erleichtert aufatmend hinzu und fiel
augenblicklich in einen erschöpften, tiefen Schlaf.
Ich wickelte ihn in alles Wärmende,
was ich finden konnte, und wartete geduldig
auf unsere Landung.
Denn nun war alles kritische überstanden.
Was immer ich jetzt in meiner rosigen Stimmung
auch zusammen zwitscherte – so bekam ich keine Antwort
mehr von Robby.
Robby war wieder verstummt...

Kapitel 12 Die mächtigen Götter ohne Macht

Nach einer gefühlten Ewigkeit in der ewigen Nacht,
erschien der erste Lichtstrahl, wie ein neues Leben,
als wir endlich unser Sonnensystem erreichten.
Neptun, bald Saturn mit den unerklärlichen Ringen,
nicht zu übersehen - endlich der Mars
und schließlich der blaue Planet in der Ferne,
hießen uns willkommen.
Unsere Landung, lockte sämtliche Bewohner auf den
großen Marktplatz.
Staunend und gleichsam erleichtert,
belagerten und bestürmten sie uns mit tausend Fragen.
Ein munteres Stimmengewirr erfüllte die Luft.
Als Justins Stimme über den Platz ertönte.
„Wie ihr seht, ist es diesen Berserkern nicht gelungen
mich auszusetzen und auszuhungern.
Ich bin wieder unter euch...
Nun ja, ich muss schon sagen, mein Magen knurrt
fürchterlich," grinste er in die Menge.
„Doch wo sind die kämpferischen Himmelsgötter
abgeblieben?
Doch nicht etwa in meinem Haus?"
„Ach – die haben nichts Böses im Sinn mit uns.
Sie haben uns nicht bekämpft und belagert, noch bedroht.
Auch haben sie uns keine Furcht eingejagt.

Eher dauern sie uns fast, denn sie scheinen sehr krank
und schwach zu sein," rief ein Dörfler großspurig.
„Ah ja, also nichts als ein gefährliches Säbelrasseln."
„Sie haben sich überschätzt.
Doch was sie mir antun wollten, war eine Kriminelle
Gräueltat – unmenschlich und grausam,"
ergänzte er mit bebender Stimme.
Alle waren nun still und lauschten, als hinter uns
plötzlich eine zittrige, krächzende Stimme ertönte.
„Hier sind wir – allmächtiger Boss – der unsterblich ist...
Wir ergeben uns freiwillig. So waltet über uns.
Erschießt uns oder tötet uns auf jedwede Art,
doch tötet uns sofort!"
Erstaunt sahen wir uns um, blickten schockiert
auf die Szene, die sich uns darbot.
Schlotternde Klappergestalten, erschreckend
wie aus dem Jenseits geschickt, In viel zu weiter Bekleidung
und übergroßen Sonnenschutzbrillen,
welche die hageren Totenkopfgesichter beinahe ganz
bedeckten – dem Greisenalter nicht mehr fern,
von denen jedoch keineswegs mehr eine Gefahr ausging.

So hatte ihre vermeintliche Macht und Stärke,
einzig im Überraschungseffekt bestanden,
auf den Justin nicht vorbereitet war.

Gleichwohl war ihre Tat, teuflisch, bestialisch
und nicht zu verzeihen.
„Ihr habt Menschen verachtend, wissend, ja absichtlich
mein grausames Ende beschlossen.
Wie hätte ich lange überleben können,
ohne ausreichende Astronautenkost und ohne intaktem
Raumanzug, allein im düsteren Raum zu verhungern
und erfrieren, ist wohl das scheußlichste,
das ein Mensch erleiden kann.
Ich sollte euch auf der Stelle köpfen lassen,"
brüllte Justin, unbeeindruckt von ihrer erbärmlichen
Verfassung, doch in Gedanken an ihre abscheuliche Tat.
„Doch wie ich sehe, seid ihr schon fast genug gestraft.
Jetzt werde ich mich rächen, eure Schandtat ahnden
und euch umgehend in unser Verließ werfen,
auf das ihr dort vermodert...
Doch ich bin ein Ehrenmann – nicht so teuflisch wie ihr,
dennoch sehe ich keine Möglichkeit, euch zu begnadigen.
Nun geht mir aus den Augen, Satansgezücht."
brummte er, sich angewidert abwendend.
„So schafft die Kerle fort, bringt sie in die große Zelle
mit den drei Fenstern.
Durch die können sie dann den Himmel betrachten,
solange sie mögen und darüber nachdenken,
was sie mir antun wollten.
So sei das ihr Refugium für die Zeit, die ihnen noch bleibt.

Halt – wartet noch, eins möchte ich noch wissen,
bevor sie für den Rest ihres Daseins verschwinden.
Antwortet mir wahrheitsgemäß, wie alt seit ihr?"
„Oh Herr, das können wir dir nicht genau sagen.
Denn die Zeit im All kann nicht in Monaten oder Jahren
gemessen werden, da es ja keinen Tag – Nacht Rhythmus
gibt, in der ewigen Dunkelheit.
Ebenso wenig wie die wechselnden Jahreszeiten,
Frühling, Sommer, Herbst und Winter.
Keine glühenden Sonnenuntergänge in der Sommerhitze,
noch Schnee bedeckte Felder, soweit das Auge reicht.
Trotz aller Maßnahmen diesbezüglich,
sah man keinen Sinn in einer Zeiteinteilung und wisse,
es ist einem auch gleichgültig mit der Zeit.
Zu unserem Glück verbrachten stets zwei von uns,
abwechselnd, circa ein halbes Jahr im Tiefschlaf,
die Computer regelten das für uns.
Doch auch das war eines Tages nicht mehr möglich.
Danach gingen wir uns fürchterlich auf die Nerven
und hofften allein auf die Ablösung – die jedoch nie
erfolgte.
Unser ungefähres Alter schätzen wir auf etwa 190 – 200
Jahre." murmelte einer aus der Crew,
Schulter zuckend.
„Sie reden Unsinn, sie hatten doch sicher Rechner,
Computerspiele, sowie unzähliges Filmmaterial

wie Schnulzen, Pornofilme, wie ich es aus eigener
Erfahrung weis," zweifelte ich kopfschüttelnd.
Zudem mussten sie doch noch ihr ungefähres
Geburtsjahr wissen. So lässt es sich doch problemlos
ausrechnen.
Vermutlich sind sie circa 2750 geboren. Ist es nicht so?"
sagte Justin nachdenklich.
Doch er erhielt keine Antwort, nur unwilliges Achselzucken.
„Kein Sterblicher vergisst sein Geburtsdatum.
Ich habe das dumme Gefühl, das sie lügen, warum auch
immer – ist mir rätselhaft.
Wie man es auch betrachtet, so sind sie doch letztendlich
eine üble Verbrecherbande." betonte er.

Alles war gesagt, was noch in ihm brannte und ihm
noch lange böse Albträume bescheren würde.
„Komm mein Schätzchen, ich kann ihren Anblick
nicht länger ertragen," sagte er zu mir und zog
mich mit sich.

„Nun beginnt ein neues Leben für uns.
Ich darf weiter leben mit dir. Wir werden uns
nie mehr trennen. Jetzt werde ich meine Freiheit umso
mehr genießen.
Doch bevor ich mit dir unser Haus betrete, ist wohl eine
Verjüngungskur angebracht.

Sicher bin ich grau und faltig, sodass du nach jüngeren
Ausschau halten könntest," ergänzte er, augenzwinkernd.
„Nun ja, du bist nicht mehr der Jüngste, doch es steht dir
nicht schlecht. Du besitzt noch immer das gewisse Etwas,
den Charm als Frauenaufreißer.
Doch auf mich wirkst du eher wie ein abgetakelter
Lebemann, der nichts ausgelassen hat.
Und ich – wie steht es mit mir?
Benötige ich nicht auch eine Verjüngung?"
„Oh nein, du bist erst jetzt zur Frau erblüht,
aus deiner zarten, kindlichen Engelshaftigkeit erwachsen,
bezaubernd, und betörend, so dass ich es kaum in Worte
kleiden kann," fügte er, begeistert hinzu.
So gehe ich denn den notwendigen Weg, murmelte er
und entfernte sich mit langen Schritten.
„Als abgetakelten Lebemann, wohl auch mit tausend
Sünden im Gesicht, betitelt mich diese Frau,"
hörte ich ihn noch kopfschüttelnd murmeln,
bevor er meinen Blicken entschwand.

Nun hatte er nichts eiligeres zu tun, als die Verjüngung
im Zeitkanal, die Robby bereitwillig vollzog.
Ich indes wartete geduldig am Berge, bis ich ihn schon
wenige Minuten später wieder beschwingt den Hang
hinab steigen sah.

„Was sagst du nun, bin ich wieder drahtig genug für dich?"
Ach, das sind doch nur belanglose Äußerlichkeiten,
viel wichtiger ist – der Kern, der deinem Wesen innewohnt,
war ich versucht zu sagen.
Doch ich nickte bestätigend und anerkennend.
Während er glückstrahlend meine Hand ergriff,
mit den Worten: „Jetzt wird es ein großes Fest geben...
unsere Hochzeit.
Sie wird allen unvergesslich bleiben!"
Oh je, ich weis nicht, ob ich das will, dachte ich bei mir,
denn da gibt es einen „Anderen", den ich liebe
und wirklich will.
Auch wenn er mich verstoßen und sicher schon längst
vergessen hat, so bleibt meine Liebe für ewig
bestehen.   Ach,
die Liebe ist ein seltsames Spiel, doch wen Amors Pfeil
trifft, der ist vergiftet mit süßem Gift – kann sich nicht
mehr dagegen wehren.

Doch Justin, in seiner Euphorie und dem neurotischen
Einsamkeitsgefühl, begann schon vor der Hochzeit
zu klammern und mich zu schrecken.
Er betrachtete mich als exotisches Eigentum, begann mich
wie ein Rassekätzchen zu verhätscheln und zu behüten.
Ich hingegen, suchte eher nach einer gleichwertigen
Partnerschaft.
Doch Justins überstürzte Entführung war nicht nur

eine läppische Geiselnahme, sondern eine heimtückische
Verschleppung in einen grausamen Tod und hatte ein tiefes
Trauma bei ihm ausgelöst und hinterlassen.
So redete er, um seine trüben Gedanken zu überlisten,
so manches übertriebene wirre Zeug,
was mir gar nicht gefiel.
Immer öfter spielte ich mit dem Gedanken,
wieder in die alte Zeit zurückzugehen, anstatt mich hier,
auf ewig zu binden.
Ich muss „Ihn" meinen einzigen Liebsten wieder sehen
und eventuell seine Gleichgültigkeit - gegen mich,
ausstehen.
Ich kann es jetzt ertragen und aushalten
womöglich von im abgewiesen zu werden
und sollte es das Ende sein!
Da ich nun reifer, klüger – nicht mehr ein naives,
Sensibelchen und aufbrausend, so wie damals war,
ich hatte eine Menge dazu gelernt.

So werde ich einfach, wenn mal wieder eine Feier ansteht,
mich überwinden, ins Schloss reisen und mich unter die
zahlreichen Gäste mischen.
Doch wie erfahre ich hier, wann dort eine Feier ansteht?
Grübelte ich und wo sollte ich mich dort aufhalten,
um auf eine passende Gelegenheit zu warten.
Denn aus dem Haus, in dem ich mich stets so wohl
und heimisch gefühlt hatte, war ich verbannt.

Es hatte längst einen anderen Besitzer.

Wer mag das wohl sein?

Notfalls fand ich bei meiner, in Freundschaft verbundenen Bekannten eine Weile Unterschlupf.

Auch auf die Gefahr hin, als Magd verheizt und missbraucht zu werden, schreckte es mich nicht ab.

Eher sah ich es als gute Möglichkeit, somit viel von dem Alltagstratsch der Bürger zu erfahren.

Ich sollte nicht zu lange warten.

Denn so kann und will ich nicht weiter leben,

neben einem Mann, den ich zwar achte, unterhaltsam und äußerst attraktiv finde.

Der jedoch keine tiefen Gefühle wie wildes Herzklopfen und dieses unbeschreibliche Glücksgefühl in mir weckte, ein Gefühl wie ich es nur bei Günter empfand.

Möglicherweise ist es bei ihm, weil er mich so lange nicht gesehen hat, abgekühlt und verdrängt, wobei die „Andere" jedoch jeden Tag um ihn war und ihm einheizte,

wobei er ihren Verführungskünsten nicht ewig widerstehen konnte, mutmaßte ich.

So hegte ich einen winzigen Hoffnungsschimmer,

dass er die junge Frau, die ich inzwischen bin,

nicht übersieht und sich erneut in mich verliebt.

Das jedoch waren nur Träume, Sehnsüchte und geheime Wünsche.

Unser Hochzeitstermin war nicht mehr fern, doch er rief bei mir keine Begeisterung hervor.
Anstatt mich bei den Festvorbereitungen zu erschöpfen, zog ich mich mehr und mehr zurück.
„Du willst mich ja gar nicht heiraten, ich bin doch nicht blind. Nun, wenn du mich nicht willst, so gehe doch deinen Weg alleine, wohin auch immer,
doch du wirst es schnell bereuen, denn nirgends anders, wird es dir so gut ergehen wie bei mir.
Ja – geh, verlass mich wieder mal.
Geh dorthin, wo es dir besser erscheint.
Geh und komm ja nicht wieder, auf deine kurzen Besuche kann ich gut verzichten," sagte er verdrossen,
um nach einer Weile fortzufahren.
„Ach, du wirst ja doch eines Tages zurück kommen, wie immer und wie immer - warte ich auf dich und nehme dich immer wieder auf," beteuerte er.
„So hab mich stets in guter Erinnerung,"
lenkte er beschwichtigend ein.
Das war mir spontan herausgerutscht, hätte nicht gesagt sein sollen.
Heute weis ich – ich war nur immer euer Clown
mit einer tragischen Rolle, manchmal bedauernswert traurig, manchmal zum Lachen und dennoch habe ich

alle Zeit der Welt – habe Warten gelernt damals,
um die endlosen Zeiten im endlosen Raum zu überwinden.
Einmal werde ich vor ihm da sein, dann wird sie nur mich
lieben, redete er sich ein.
Doch immer mehr Zweifel wurden wach
und plagten ihn, denn insgeheim wusste er, dass er sich
nur selbst belog.
Wie oft hat sie mich durch die Hölle geschickt?
Doch die Momente, in denen ich vor Glück abhob,
wogen alles wieder auf.
In Wahrheit war er allmählich des ewigen Wartens
müde – müde all dessen, was nicht nach seinen
Vorstellungen gelingen wollte – müde, oh so müde
der ewigen Eintönigkeit des Seins und ohne sie.
Er hatte sich zu viel aufgebürdet – hatte die Mühelosigkeit
des Seins vergessen.
Obgleich er so vieles erlebt, ertragen, überstanden und
auch genossen hatte, kam er zu dem Schluss: Alle wollen
und erwarten immer etwas von mir,
außer Carla – die braucht mich nicht.
Jetzt sehe ich es, wie einen spannenden, teils auch
langweiligen Film mit ihr und mir - in der Hauptrolle
ablaufen.
Doch jeder Film, jede Serie hat auch nach so vielen
Fortsetzungen, doch irgendwann ein Ende.
So werde ich mich künftig hin zurückziehen,

von der ständigen Schauspielerei und mich in die
wohlverdiente Ruhe fallen lassen – eine schöpferische
Phase der Erholung gönnen.
Die Menschheit wird sich auch ohne mich fortpflanzen
und irgendwann die gleichen Fehler machen
wie alle vorher.
Ich kann ja nicht überall zu gleich sein,
sie zu bewachen oder gar zu ändern.
Jetzt sehne ich mich nach Ruhe, Wärme und einem vollen
Bauch, nach der auszehrenden Hungerkur und Kälte,
die mir immer noch, auch nach vielen Monaten,
noch in den Gliedern steckt.
Alles scheint sinnlos, was immer ich auch beginne.
So lege ich meine Hände in den Schoß, nach dem langen
Leben, voll hektischen Schaffens – habe nur noch den
einzigen Wunsch, wegzutreten und schlafen im weichen
Bett, ohne Störung, wenn möglich für immer.
Falls ich jemals in ein neues Leben starte,
so bitte lieber Gott - lass mich ein ganz normaler Bürger
werden, betete er in Gedanken.
Er wusste, was das Ende einläuten würde.
Da kommen noch die unumgänglichen, verhassten,
scheußlichen Worte von ihr, wohl zum hundertsten Mal
ausgesprochen: „So leb denn wohl mein Freund."
Worte, die wie Dolchstöße trafen,
sich ins Herz bohrten und lange schmerzhaft, Leib

und Seele krank machten und sie zerstörten,
keine Frau, keine Hochzeit.
Er hatte keine Illusionen mehr.
ALs letztes blieb ihm nur noch der Gang zu Robby – ein
ernsthaftes Wort mit ihm zu reden, um sein Ende
in die Wege zu leiten, dachte er in seinen trüben
Depressionen, die das Trauma der schrecklichen
Entführung in die düstere Tiefe - der Tiefe des Alls,
der schwarzen Hölle, die sein Grab werden sollte,
bewirkt hatte und ihn seitdem niederdrückte.
Vermutlich sah er auch viel zu schwarz und alles
würde sich zum Guten wenden.

Doch zunächst wollte er ein wenig warten,
wie die Dinge sich entwickeln würden.
Manchmal ist die Ungewissheit der einzige Lichtblick.
Wenn auch sein Wunsch nach einem endgültigen Ende,
weiter in seinem Kopf spukte: 800 Jahre hektischen
Schaffens waren genug.
Nach der abgeblasenen Hochzeit glaubte er so manche
spöttischen, doch auch mitleidige Blicke von den
Bewohnern zu erhaschen, die seine hohe Stellung in Frage
stellten.
So fühlte er sich minderwertig und nutzlos.
Er wurde schweigsam und schwermütig.
Er beobachtete sie jedoch weiterhin.
Doch er ließ sie tun, was sie wollte, ohne Einwände

und wartete weiterhin auf den Moment,
der das Ende unmissverständlich einläutete
und sie die unmissverständlichen Worte aussprechen
würde.
Seinen eisernen Willen diese Welt zu verlassen, verschob er
auf später, wenn es so weit sein sollte.

Kapitel 13 Monumente aus alter Zeit

Die nutzlos gewordenen Raumschiffe, die sich niemals
mehr in die Höhe erheben würden, sollten als eine Art
Denkmal - Monument aus einer besonderen Zeit,
als begehbare Museumsstücke für die Nachwelt,
für jeden zugänglich sein.
Unmöglich sie wieder zu starten, wohin auch?
Zudem bedurfte es Unmengen von Treibstoff,
den sie nicht hatten, sie wieder in die Luft schießen
zu können.
Wofür nun alles in die Wege geleitet werden musste,
wozu ich mit Genugtuung plädierte.
Auch die Dörfler waren begeistert, die außergewöhnliche
Idee in die Tat umzusetzen.
Justin jedoch zeigte kein sonderliches Interesse,
selbst Hand anzulegen.
„Was ist mit dir, hast du deinen Esprit verloren – deinen
unerschöpflichen Drang nach Neuem?" fragte ich.
„Ach ich bin müde und alt – sehe mein Ende nahen.
Die vielen Jahre meines langen Lebens auf diesem Planeten
beginnen mich zu langweilen.
Ich habe nicht vor noch etwas Neues zu beginnen,
wenn du mich alleine lässt."
„Aber du hast dich doch unlängst erst verjüngt, bist ein Kerl
in den besten Jahren," setzte ich entgegen.

„Ach, das ist nur äußerlich, innen bin ich ein Greis
ohne jeglichem Antrieb und Anreiz.
Was willst du noch mit so einem Tattergreis,
du mit deinem überschäumenden Temperament
und deiner Lebenslust?"
„Nun übertreib nicht, ich habe nur gelegentlich
das Bedürfnis etwas versäumt und nachholen zu müssen.
Bei dir ist es auch nur eine Phase,
die Höllenreise wirkt noch lange nach." entgegnete ich
altklug.
„Wirst du denn bleiben, wenn ich wieder genesen
und voller Power bin?" stellte er die Fangfrage.
„Nun ja – aeh – ich würde schon gerne noch etwas
anderes sehen in die sprudelnden Metropolen,
der lebendigen Städte eintauchen, hell erleuchtete Plätze,
Autos, Lichtreklame, das Bimmeln der Straßenbahnen
hören.
Ach, ganz einfach neue Wege gehen." entgegnete ich
zögernd.
„Ja gut und schön, aber nicht mit mir. Ist es nicht so?
Sag noch nichts, lass mich erst ausreden.
Ist es nicht so, dass du mich in kürze verlassen wirst?
Wie immer?" fügte er, mit fragendem Blick hinzu,
um sogleich fortzufahren.
„Sag nichts, um Gotteswillen, sag nichts mehr,
gönn mir ein paar Tage der unsinnigen Hoffnung,

bevor du die fürchterlichen, niederschmetternden Worte

aussprichst." murmelte er, die letzten Worte kaum hörbar.

Wandte sich abrupt um und ging – nein er lief,

als wollte er vor mir flüchten.

Ein alter gramgebeugter Mann in einer beeindruckenden

Schale – einem hinreißenden jungen Supermannkörper.

Meine Güte, wie viele Frauen haben ihn all die lange Zeit,

angehimmelt – wollten ihn haben.

Warum konnte ich ihn niemals lieben.

So muss ich ihn wieder einmal verlassen, um die Liebe

zu finden, auch wenn es mich schmerzt.

Aber Carla, so geht das nicht immer.

Sei nicht so egoistisch, sagte eine innere Stimme

in meinem Kopf.

Ja, zugegeben, es war fies doch unumgänglich.

Aber hatte nicht jeder Mensch das Recht auf Liebe

und Justin habe ich nie ein Versprechen gegeben.

Was nützt ein noch so langes hinauszögern.

Lieber ein Ende mit Schrecken als ein Schrecken ohne Ende,

dachte er aufgewühlt.

Morgen mache ich der Farce ein Ende. Morgen gehe ich

zu Robby, dem Zeitenlenker, auf das er meine Zeit – dieses

unwürdige Dasein beendet.

Falls Carla mich fragen sollte vor meinem letzten Weg,

würde ich sagen: „Ich gehe jetzt den Weg zum lieben Gott.
Aber sie fragt schon lange nicht mehr, wo ich hingehe,
dachte er zynisch, doch im tiefsten niedergeschlagen.
Vermutlich wird sie mich gar nicht vermissen,
grübelte er weiter, als er mit langen Schritten,
doch noch immer zögernd dem Hang zu Höhle zustrebte.
Noch konnte sie ihn zurück rufen...
Komm zurück Schatz, alles wird wieder gut.
Nun ja, ein Wunschdenken, nun gibt es kein Zurück
mehr.

Alle kannten Justin nur so wie er jetzt ist, nun ja,
gelegentlich auch etwas älter wirkend.
Ganz normal – eben in welcher Verfassung der Mensch
sich befindet, erklärte sich zunächst das Phänomen,
wenn er plötzlich um 10 Jahre jünger erscheint.
Noch immer wurde er von den Älteren, wie ein Gott
verehrt, doch von der Jugend oft mit neidischer Häme,
angesichts der angeblichen Unsterblichkeit,
des Allwissenden, alles Könners, heimlich verlacht.
Seit den ersten Generationen der Urahnen,
waren mittlerweile 90 Jahre vergangen,
von denen allerdings keiner mehr lebte.
Die jedoch bis zu ihrem Ende beschwörend bezeugten,
stets von der gleichen Person geführt worden zu sein.

So galt er als unsterblich.

Doch den Urahnen der dritten und vierten Generationen,
erschien er wie eine mystische Sage,
recht unglaubwürdig und versponnen.

Dennoch begegneten sie ihm mit Respekt,
wenn sie auch nicht so recht an das Märchen
seiner Unsterblichkeit glaubten.

Gleichwohl kannten sie ihn von Geburt an, hatten alles
Wissen in der Schulzeit von ihm gelernt.

Nun waren sie erwachsen, hatten Frau und Kinder,
welchen sie dieselben Geschichten weitergaben,
obwohl ihr Lehrherr – noch immer keinen Tag älter
geworden war...

So muss doch irgendwas, an den Überlieferungen
der Alten wahr sein, begannen sie zu zweifeln.

So galt er als unsterblich – gottähnliches Wesen.

All das kümmerte den besagten Heros auf seinem,
vermutlich letzten Weg nicht mehr.

Kapitel 14 Das Jüngste Gericht

Es ist so weit mein alter Freund," sagte er mit belegter
Stimme, als er die Höhle betrat.

„Ich bin gekommen um nun ja..." hier versagte seine
Stimme.

„Ich komme um aeh – um mein Leben zu beenden,
es bringt mir nichts mehr, was noch lebenswert sein
könnte," hier räusperte er sich, um einen Schluchzer
zu unterdrücken und fuhr fort.

„So lösche mein Leben aus. Vielleicht werde ich in hundert
Jahren wiedergeboren."

Im Hyperraum seinem Erfassungsbereich konnte Robby
über alle Zeiten vor und zurück verfügen,
so war es ihm ein leichtes hundert Jahre verschwinden
zu lassen.

„Ah – ja, ich verstehe, ich soll hundert Jahre überspringen,
also dich einfach verschwinden lassen,
so dass du in hundert Jahren – plötzlich wieder
den Anschluss findest und wieder unter uns weilst?"

„Nein – nein, auf keinen Fall will ich dieses Leben,
wie es ist – fortsetzen.

Mach keinen Murks, ich vertraue dir nicht mehr.
Bei Carla hast du dich auch nicht immer
an die gewünschten Zeiten gehalten."

„Ach die Carla, die fand sich doch in jeder Zeit und Situation

bestens zurecht," entgegnete er wortlos.
Sie verstanden sich ausschließlich durch Funkwellen,
eine Kunst die nur Justin, dank seines langen beisammen
seins mit Robby im All zu beherrschen, gelernt hatte.
„Aber musstest du sie unbedingt in die Steinzeit befördern.
Zum Glück ist sie auf eine gutmütige Sippe gestoßen
und alles ist gut ausgegangen.
Seitdem traue ich dir nicht mehr.
Auf solche Spiele werde ich mich nicht einlassen,
das könnte dir schlecht bekommen.
So höre, ich will ganz normal wiedergeboren werden
und will von diesem Irren, wahnwitzigen Leben
nichts mehr wissen.
Mein ausgeprägtes Helfersyndrom und mein Wahn,
ein Gut – oder gar Übermensch zu sein,
könnte neu erwachen.
Zudem war ich niemals über eine längere Zeit glücklich.
Das Glück war flüchtig wie ein Sonnenstrahl im Regen.
Auch möchte ich ihr niemals mehr begegnen.
Hat sie nicht mein Leben zerstört?
Denn mit ihr war ich nie lange glücklich und zufrieden."
fügte er kopfschüttelnd hinzu.
„Ich verstehe schon, was du damit meinst.
Doch so wie du es dir vorstellst, geht das nicht.
Auf eine normale Wiedergeburt habe ich freilich
keinen Einfluss, es sei denn, du beabsichtigst,

hundert Jahre zu ruhen. Das könnte ich problemlos
einrichten.
So geh nach Hause und überleg es dir gut."
„Nein und nochmal nein, ich werde nicht zurückgehen,
hier und jetzt wirst du mein Leben beenden – einfach
auslöschen, wie ein Licht ausschalten."

„Ha, wenn der Naivling glaubt, hundert Jahre ruhen zu
können, so hat er sich getäuscht, sein Geist kommt zwar
zur Ruhe, doch nicht sein Körper.
Denn er wird für hundert Jahre meinen Job übernehmen
und ich seinen Körper.
Das ist meine Chance, auf die ich so lange gewartet habe,
dachte Robby listig.
„Nun gut, wenn du es so willst, dein Wunsch
sei mir Befehl."
Das kommt mir sehr gelegen, frohlockte der Roboter
insgeheim. Endlich ist es so weit, wonach ich mich schon
tausend Jahre gesehnt habe.
Meine eigene Auferstehung und Verwandlung in einen
menschlichen Körper.
So werde ich also meinen Geist in seinen noch warmen
Körper schlüpfen lassen, nachdem sein flüchtiger Geist
entflogen ist.
Oh, was für ein beeindruckender Körper,

mit dem ich fortan herum stolzieren werde.

Es dauert mich fast ein wenig, wenn ich ihn denn
so hilflos liegen sehe.

Doch gleich wird er wieder in Bewegung geraten,
Kraft meiner Gabe und Macht.

Ich werde es dann sein, der statt ihm auf Erden wandelt.

Oh, wie ich dieses scheußliche Eisengestell,
das mich eine Ewigkeit schon gefangen hält, hasse!

Panzer und Gefängnis in welches man vor unsagbar langer
Zeit, meine Seele wie auch immer – gesperrt hat.

Nun jedoch beginnt mein wirkliches Leben – denn „ich bin".

Ja ich bin wieder eine menschliche Person!

Der Geist ist ja keine feste Masse, so wird es mir
ein leichtes Sein, durch Justins Nasenöffnung in sein Gehirn
zu gelangen und gewisse Impulse in seinem Körper
zu beherrschen lernen.

.

Robby hatte seit langer Zeit schon, einen geheimen Helfer
für die praktischen Handgriffe und als Spion – was keiner
wusste.

Es war der junge wissbegierige Roland, welcher aus der
Obhut Alberts, einen gräflichen Ableger,
von Spott und Hohn, seiner Unkenntnis der Sprache
und der fehlenden Umgangsformen, gehänselt,
im Schloss von den jungen Leuten, als so etwas
wie der Hofnarr belacht wurde und geflohen - war

jener Fremdling, der nun in der Höhle bei Robby
bei dem er sich nach seinem unüberlegten Gang
aus der Steinzeit, schon einmal verborgen hatte
und nun erneut Zuflucht fand.

Lange schon hatte Robby mit sich gehadert,
den jungen Körper für seine Zwecke zu gebrauchen,
doch es immer wieder verschoben.
Er war zu klein und unscheinbar, der Spross
aus der Steinzeit.
Robby hatte Pfuscharbeit geleistet, war ihm längst klar,
als er den Justin kurzerhand eingeschläfert hatte
und nicht in der Zeitlosigkeit Schweben ließ,
jedoch Justins Körper nicht für sich gebrauchen können,
da seine Gebeine viel zu schnell kalt und starr waren.
Er hatte zu lange überlegt und sich in rosigen Vorstellungen
verirrt, anstatt sogleich zu handeln,
zudem wurde er von Carla überrascht
und an seinem verwerflichen Plan gehindert.
.
Justin wirkte bedrückt und niedergeschlagen.
Immer öfter hatte er diese Launen in letzter Zeit.
So auch heute, als er sich von mir abwendete und wortlos
fort ging.
Ich werde unterdessen eine Reise in die Vergangenheit,

der Zeit meiner frühesten Jugend,

der Begegnung meiner großen Liebe

mit Günter unternehmen. Einen Versuch ist es wert.

Wenn er mich erblickt und gelangweilt übersieht,

werde ich einfach wieder gehen und nie mehr zurück

kehren in diese Zeit.

Denn auch Justin ist gar nicht so übel, zudem eine

fantastische Erscheinung.

Wenn er auch gelegentlich spinnt und übertreibt,

so ist er doch gut zu ertragen, wenn der andere mich nicht

will.

So hätte ich ihn möglicherweise sogar geheiratet.

Es ist ja nicht so, dass ich ihn nicht wertschätze.

Ich achte und bewundere ihn bisweilen, warum sollten wir

nicht zusammen bleiben.

Sein Geist und Witz ist stets erfrischend. Neben ihm habe

ich mich nie gelangweilt.

Obwohl er in letzter Zeit so anders ist.

Doch wo ist er hingegangen in seiner düsteren Stimmung?

Er wird sich doch wohl nicht etwa dem hinterhältigen

Robby anvertrauen?

Schon lange hegte ich einen gewissen Argwohn gegen

Robby .

Schon mehrfach hatte der mir arg mitgespielt

und mich in die falsche Zeit gebeamt.

Im meinem Kopf schrillten sämtliche Alarmglocken.

In aller Eile stapfte ich den Hang zu der Höhle hinauf.

Ein einziger Blick hinein, bestätigte meine schlimmsten Befürchtungen, die mich antrieben.

Auf dem kalten Höhlenboden lag Justin rücklings mit geschlossenen Augen, als würde er friedlich schlafen, oder erschöpft ruhen.

„Was ist dir liebster Justin, was tust du hier – was soll das? Steh auf," rief ich, in böser Vorahnung.

Doch er rührte sich nicht.

Mir war, als hörte ich in diesem Moment, Robbys Gedanken.

„Oh je, das kann schlimm ausgehen. So hab ich mir das nicht gedacht."

„Das kannst du jetzt nicht wirklich tun, du niederträchtiger Perversling!" brüllte ich.

In unbändigem Zorn packte ich den Roboter und schüttelte ihn so heftig, dass sich die Schrauben lösten und er scheppernd und klirrend zusammen sackte.

Doch damit nicht genug, meine Wut war noch lange nicht verraucht.

So griff ich nach dem Blechhaufen und schleuderte ihn durch das offene Tor hinaus.

Er landete direkt vor den Füßen der Männer, die in der Nähe Baumstämme zersägten und erschrocken in ihrem, Tun innehielten.

„Kommt Männer, kommt schnell, schafft den Justin ins Tal

hinab, solange noch Leben in ihm ist." krächzte ich,
am Ende meiner Beherrschung.
Unvorstellbar das dieser Android – dieser Alien von einem
längst erloschenen Stern, in Justins imposanten,
perfekten Körper weiter leben könnte.
Trotz aller Wiederbelebungsversuche und den Ritualen
der Schamanen, konnte auch keine Beschwörung
und Arznei, ihn aufwecken.
Er hatte längst den letzten Lebensgeist ausgehaucht.

So habe ich ihn, ohne es zu wissen
in den Tod getrieben – ahnte nichts von seiner
Todessehnsucht, seit seiner plötzlichen, übertriebenen
Sensibilität.
Vielleicht hätten wir eines Tages sehr glücklich miteinander
werden können, dachte ich, bedauernd.
Doch diesmal habe nicht ich ihn verlassen, sondern er mich.
Wie schade eigentlich.
Doch welche vier so vernichtende Worte meinte er wohl,
die nochmal von mir ausgesprochen, er nicht mehr
ertragen könnte, grübelte ich.

Kapitel 15 Ende eines Mythos

Die Trauerfeier an der selbstverständlich die gesamte
Gemeinde teilnehmen würde, wurde hauptsächlich
von ihnen ausgerichtet und feierlich in allen Ehren,
mit allen Rieten und Gebräuchen - der Kultur
ihrer Zeit begangen.
Freilich bedurfte Justins Beisetzung, einer aufwendigen
Bestattung.
Angesichts der tragischen Umstände, die so plötzlich
über mich hereinbrachen, war ich zunächst wie erstarrt
und schloss mich tagelang in unserem Haus ein.
Ich wollte keine Beileidsbesuche noch übertriebenen Trost.

.

Als er in der kühlen Erde ruhte, in einem Sarg,
der jedoch nur Steine enthielt, was keiner wusste und ich
weinend an seinem Grab stand, stürzte der ganze
Wahnsinn der vergangenen Monate mit aller Wucht
auf mich ein.
Was um Himmelswillen hatte ihn nur so verändert.
Denn immer war er der coole Stratege und Rhetoriker,
der mit stets exakt pointiertem Mutterwitz aufwarten
konnte mit unerschütterlicher Tatkraft und Beharrlichkeit,
der durch nichts aus der Ruhe zu bringen war.
Um dem Trubel der endlosen Feierlichkeiten zu entgehen,

flüchtete ich aus dem Dorf in die Einsamkeit der Natur.
.

Was unmittelbar vorher geschah, war aberwitzig
und unfassbar.
Denn der junge Roland hatte einen letzten Auftrag von
Robby auszuführen.
Bis es ihm schließlich gelang, den Leichnam Justins aus dem
Sarg zu bergen.
Worauf unwissentlich von uns der leere Sarg begraben
wurde.

Nun war ich alleine hier, doch ich werde bald gehen,
in die andere Zeit.
Oh, wie einsam ich mich fühlte auf meinem Weg,
der mich wie selbstverständlich zu dem Berg mit der Höhle,
dem Zeitkanal lenkte.
Doch er war ja nun ohne Funktion.
Erst jetzt entsann ich mich des zerstörten Roboters,
den ich in meinem Groll vernichtet hatte.
Oh, lieber Gott, lass ihn noch da sein...
.

In einer Mulde zwischen wilden Brombeeren,
fand ich ihn schließlich, von dem Arbeitstrupp achtlos,
wie Müll entsorgt.
„Oh Robby, warum musste alles so sinnlos ausarten.
Warst du nicht früher mein treuer Freund, der mich stets
zuverlässig an jeden Ort geleitet hat – bevor du deinen

boshaften Schabernack mit mir triebst."
Ich klaubte den nutzlos gewordenen Blechhaufen,
bei dem sich mehr, als nur eine Schraube gelockert hatte,
aus dem Gebüsch und barg ihn achtsam
wie ein kostbares Kleinod, das er ja auch war,
um ihn an seinen alten Platz als Zeitenlenker zu befördern.
Denn ich brauchte ihn so sehr. Wenn auch nur noch
dieses eine Mal.
Hoffentlich hat er keinen allzu großen Schaden genommen
und alle Teile sind noch vorhanden.
Ich stellte ihn an seinen ursprünglichen Platz,
tastete ihn ab, ob möglicherweise etwas fehlte
und zog alle Schrauben fest an.
Dann hockte ich mich neben ihm auf die stählerne
Sitzplatte und legte impulsiv meine Arme um seinen
eckigen, kalten Kastenkörper und drückte ihm einen
herzhaften Kuss auf den chromblitzenden Schädel.
„Verzeih meinen Ausraster, lass uns wieder Kumpel sein
und uns vertrauen, wie damals, als du in meiner Küche
wohnen durftest und mir beim Kochen
und Waschen zusahst.
Ich bleibe jetzt eine Weile bei dir.
Hier sucht mich keiner. Denn ich könnte jetzt ihr Mitleid
nicht ertragen." worauf er nickte.
Ja – er nickte tatsächlich und rollte aufgeregt mit den
Augen.

Nach einer Zeit bemerkte ich: „Eigentlich könntest du mich jetzt gleich in meine Zeit befördern, dann brauchte ich keinen der anderen mehr sehen. Doch ich möchte noch ein paar, mir liebgewordene Dinge mitnehmen,
wie mein kostbares Prinzessinnenkleid und andere diverse Kleidungsstücke, um nicht als Bettlerin in einer neuen Welt zu erscheinen.
Wenn ich erstmal meinen Platz auf dieser Welt gefunden habe, nehme ich dich zu mir!" versprach ich.
„Ach sag nichts, was du doch nicht halten kannst," hörte ich seine Gedanken.
„Nun ja, ich werde mein Bestes versuchen, das sehe als Versprechen.
Aber lass dir keine Sperenzchen einfallen, denn dann wirst du den kürzeren ziehen, denn wie du weist,
könnte ich dich jederzeit aussetzen, irgendwo
in der Pampas, wo du mit der Zeit verrotten würdest.
Also unterschätz mich niemals.
Meine Macht ist eben so groß wie Deine.
Wir brauchen einander, nur so können wir bestehen
und irgendwann, wenn ich den Ort
meines Glückes gefunden habe, von dem ich
nicht mehr fort will, werde ich mich für dich einsetzen,
das auch du noch ein körperliches Leben erhältst,
denn Feinde, die mir nicht wohlgesonnen sind,
die ich lieber Tod als lebendig wünsche,

wird es überall geben.

Dabei dachte ich an das schreckliche Horrorszenarium
von damals, der jämmerliche, niederträchtige – wie hieß er
noch? – „Ignatz", der die mordrünstige Schlägerbande
die Geldeintreiber des Grafen auf mich hetzte,
die mich fast zu Tode prügelten.

Ignatz, dem wir arglos, gutmütig Asyl gewährt,
im Familienkreis aufnahmen.

Ihn beschützt und versorgt haben, in Wahrheit jedoch eine
giftige Natter am Busen genährt.

Nicht ahnend, seiner satanischen Hassgefühle
und hinterhältigen Intrigen gegen mich, erstanden
die Bilder von damals.

Dieser Teufel hatte weis Gott den Tod verdient,
wenn jemand überhaupt den Tod verdient hat!

Doch wer sollte ihn richten?

Na klar – der Scharfrichter auf Befehl des Grafen Günter.

Dann hatte Robby seinen Körper.

Sodann ist auch deine Zeit gekommen, Robby
als menschliche Gestalt wieder auf diesem Planeten
zu wandeln. Du weißt ja bestens,
wie du das Bewerkstelligen musst...

Es war gewiss nicht angenehm für mich, die Nacht,
in der düsteren, muffigen Höhle zu verbringen,

doch versprochen war versprochen.

Ich musste sein volles Vertrauen gewinnen.

In den ersten Morgenstunden machte ich mich
auf den Weg ins Tal.

Als alle noch schliefen, packte ich mein Bündel hastig
zusammen.

Keiner sah mich, als ich in aller Eile wieder dem Berg
zustrebte.

So lebt denn wohl mein geliebtes Haus, mein Garten
und Getier.

Sicher werden sich die Nachbarn mit Vorliebe,
Eurer Annehmen, dachte ich besorgt.

Nein, so einfach geht das nicht, all das muss geregelt
werden.

Alles sollte gerecht verteilt werden.

So lenkte ich meine Schritte wieder zurück.

Meine Haustiere, die ich nun verlassen musste,
die meine Nachbarn sicher gern und liebevoll in ihre Obhut
nehmen, waren nicht das Problem.

Etwas anderes lag mir schwer auf der Seele.

Nicht unser Hausstand, sondern all die gehorteten,
nützlichen Dinge, welche Justin in all den Jahren
angesammelt hatte.

Freilich hatten wir schon etliches davon in Gebrauch.

Doch es gab noch viele Utensilien die nutzlos in den
unterirdischen Gewölben in Schränken und Verschlägen,

auf ihre Bestimmung warteten.

Von Säuglings und Kleinkinderkleidung bis hin zu erlesenen
Roben.

Noch weiter unten, wo die Temperaturen
stets gleichbleibend kühl waren, lagerten haufenweise
Nahrungsmittel – noch original verpackt
und eingeschweißt.

Das alles sollte nicht ungenutzt und für immer dort im
Verborgenen bleiben.

So machte ich mich an die mühselige Arbeit,
all die nützlichen Waren nach Sorten geordnet zunächst
in die große Halle zu schaffen.

Wozu ich die ganze Nacht benötigte.

.

Am Morgen sollte dann ein großer Basar stattfinden.

Die Arbeit tat mir gut. So konnte ich für ein paar Stunden
mein Leid vergessen.

.

Der Andrang – das Entzücken und die Verwunderung
war unbeschreiblich.

Ein jeder konnte alles gebrauchen.

Doch so ging es nicht!

Alles musste gerecht verteilt werden, denn die ersten,
würden den letzten kaum etwas übrig lassen.

Ich muss die begehrten Gebrauchsgegenstände,
gerecht nach Familiengröße und Kinderzahl verteilen.

Auf übermäßigen Dank verzichtete ich.

Mir ging es hauptsächlich darum, das Lager restlos
zu räumen.

„Das Haus ist und bleibt tabu für euch, auch wenn es euch
noch so reizt, es in Beschlag zu nehmen und darin Einzug
zu halten!" warnte ich sie.

„Denn ich werde eines Tages wieder zurück kommen,"
log ich.

Es war ja in der Tat sehr ungewiss und ziemlich
ausgeschlossen, diesen Ort jemals wieder freiwillig
aufzusuchen.

Aber man kann ja nicht wissen, was das Leben noch bringt.

Sollten meine Wünsche nicht gelingen,
so hatte ich einen Ort – eine Zuflucht, an den ich mich
zurück ziehen konnte.

Freilich gab es auch hier attraktive, tüchtige und gewitzte
Männer, die meine Zuneigung gewinnen konnten.

So packte ich mein Bündel mit allem Notwendigen
und nicht zu vergessen, all die reizenden Kleidungsstücke
von Justin, welche hier zu tragen, sich hier keine
Möglichkeiten ergaben und begab mich nun endgültig
auf den Weg ins Ungewisse.

Meine Devise war stets: Lieber auf Gefühle hören
als auf den Verstand.

Auf meinem letzten Gang durch das Dorf,
schritt ich durch einen Spalier, von den mir vertrauten
Menschen, die mir euphorisch nach winkten
und mir Tränen der Rührung in die Augen trieben.
Ein solch emotionaler Abschied ließ mich nicht kalt
und unberührt.
Während ich den letzten Weg in dieser alten – neuen,
künstlichen, so liebenswerten Welt dahin schritt,
dachte ich: Eigentlich ist hier der ideale Lebensraum
der Menschheit.
Nicht nur eine neue, sondern eine bessere und einzig
richtige Welt, ohne Vermischung der Völker.
Ohne den Hass der fanatischen Irren,
den sogenannten Gläubigen, mit dem Bedürfnis
alle weltlichen Errungenschaften zu verurteilen
und die Ungläubigen zu strafen oder gar vernichten
zu müssen.
Denn die Menschheit ist verdorben, zu viele Menschen
wollen sich nicht einordnen in der Masse,
doch die Masse lebt nicht nach Allahs Vorstellungen
und Wünschen.
Wie viel friedlicher ist die Welt ohne diese fanatischen
Extremisten.
So mögen alle gleich sein.
Doch der Fortschritt bringt automatisch auch Übel.
Einhergehend mit der Erfindung von Computer– dem

Internet, Smartphon und Co.
Dadurch resultierend - Bloßstellung, Hetze, Betrug
und Lügen...
Nun ja – so oder noch Ärger, wird es wohl in weniger
als 2000 Jahren auch hier zugehen.
So sollte ich die friedliche Zeit dazwischen nutzen.
Wenn jedoch alle Völker gleicher als gleich sind,
wird es auch dann unweigerlich zu Missmut
und Kriegen führen?

Aufgewühlt und nachdenklich, betrat ich die Höhle.
Robby schien schon ungeduldig zu warten,
das zeigten mir seine rollenden Augen.
„Robby – so gewähr mir noch einen kleinen Moment
der Besinnung, bevor ich in ein anderes,
neues Leben trete.
.
Für mich war es noch immer unfassbar, dass mein Freund
und Gefährte für immer schwieg.
Justin, der überzeugte Weltverbesserer, sprudelnd
von immer neuen Ideen und Herausforderungen.
So war er ein Unikum, der vor nichts zurück schreckte,
ein Mann voller Power und Lebendigkeit,
den es kein zweites Mal gab.
Nun hatte er die Augen für immer geschlossen – hat mich

allein gelassen in einer primitiven Welt,
die noch so mancher Fürsorge und Hilfe für den Fortschritt
und bessere Lebensbedingungen bedurften.
Doch sie waren mit ihren Gegebenheiten zufrieden,
kannten es ja nicht besser.
.

Ich hatte mich wieder zu Robby gesetzt – hatte keine Eile,
ließ die vergangene Zeit Revue passieren.
So kam mir ein alter Spruch von Justin in den Sinn:
„Alles ist lebenswert und verlockend, doch nur mit dir
und dann irgendwo, wenn alles perfekt und langweilig
wird, dann werden wir das Universum erobern,"
phantasierte er in seinem Wahn, nie ein Ende
zu akzeptieren.
Ein wahnsinniges Genie, was mich keineswegs antörnte,
sondern eher abschreckte.
Das kann nur in einem anderen Leben gewesen sein.
Nun ja, Wahnsinn und Genie liegen meist dicht
nebeneinander.
Jetzt wollte ich sein Andenken bewahren und ehren
und sinnierte nach weiteren Stories der Vergangenheit.
So kam mir noch manches Paradoxon in den Sinn.
Während Robby ungeduldig auf meine Anweisungen
wartete, glaubte ich.
Aber nein, ich täuschte mich gewaltig, zeigte mir ein Blick
auf ihn.

Denn er genoss offensichtlich die Intimität der letzten
Minuten unseres Zusammen seins, bevor ich ihn wieder
verließ und meiner Wege ging.
Um Robby nochmals bekräftigend zu ermahnen,
warnte ich ihn.
„Ich werde nicht den Zeitkanal verlassen, wenn es nicht die
richtige Zeit ist, in die du mich beamst – dann Gnade
dir Gott.
Falls du wieder deinen Schabernack mit mir treiben willst,
werde ich dich so lange traktieren und schinden,
bis dein Getriebe heiß gelaufen und du zu glühen
und zu dampfen beginnst.
Du könntest einen großen Schaden nehmen."
bekräftigte ich.
„Deine Gestalt könnte sich verformen und deine ganze
Konstruktion unbrauchbar werden.
Doch wenn du dann nutzlos bist, wird man dich auf dem
Müll entsorgen. Ist es das – was du willst?"
Noch während ich sprach, hatte Robby wieder einmal
selbst gehandelt und die Zeit in Bewegung gesetzt.

Ach, in Wahrheit weis sie doch gar nicht wohin,
dachte Robby und wollte mir den Entschluss erleichtern.
So hatte Robby wieder einmal selbst entschieden.
Denn ich spürte so etwas wie einen Wind und eine

Bewegung wie in einem rasenden Lift,
noch bevor ich die genaue Zeit angeben konnte.
Verdammt nochmal!
Dieser verrückte Roboter zerstört mein Leben.
Ich wusste augenblicklich, dass all meine Ermahnungen
fruchtlos gewesen sind.
Ein Anflug von Wut wallte in mir auf.
Doch als sich das Tor öffnete und die Sonnenstrahlen
mich trafen, war mein Zorn verraucht.
Die Neugierde war stärker.
So stapfte ich, ohne mich noch einmal umzusehen,
wieder einmal mit meinen wenigen Habseligkeiten,
in eine ungewisse Zukunft oder Vergangenheit.
Aber welche Zeit war es? Nach den vielen Irrwegen
meines Lebens...

Bisher erschienene Bücher

© 2022 Charlotte Camp
Herstellung und Verlag:
BoD – Books on Demand, Norderstedt
ISBN: 9783756808946

www.meine-buch-ideen.de